L'OMBRE CHINOISE

OUVRAGES DE GEORGES SIMENON

AUX PRESSES DE LA CITÉ

COLLECTION MAIGRET

Mon ami Maigret
Maigret chez le coroner
Maigret et la vieille dame
L'amie de Mme Maigret
Maigret et les petits cochons sans queue
Un Noël de Maigret
Maigret au « Picratt's »
Maigret en meublé
Maigret, Lognon et les gangsters
Le revolver de Maigret
Maigret et l'homme du banc
Maigret a peur
Maigret se trompe
Maigret à l'école
Maigret et la jeune morte
Maigret chez le ministre
Maigret et le corps sans tête
Maigret tend un piège
Un échec de Maigret
Maigret s'amuse
Maigret à New York
La pipe de Maigret et Maigret se fâche
Maigret et l'inspecteur Malgracieux
Maigret et son mort
Les vacances de Maigret
Les Mémoires de Maigret
Maigret et la Grande Perche
La première enquête de Maigret
Maigret voyage
Les scrupules de Maigret
Maigret et les témoins récalcitrants
Maigret aux Assises
Une confidence de Maigret
Maigret et les vieillards
Maigret et le voleur paresseux
Maigret et les braves gens
Maigret et le client du samedi
Maigret et le clochard
La colère de Maigret
Maigret et le fantôme
Maigret se défend
La patience de Maigret
Maigret et l'affaire Nahour
Le voleur de Maigret
Maigret à Vichy
Maigret hésite
L'ami d'enfance de Maigret
Maigret et le tueur
Maigret et le marchand de vin
La folle de Maigret
Maigret et l'homme tout seul
Maigret et l'indicateur
Maigret et Monsieur Charles
Les enquêtes du commissaire Maigret (2 volumes)

ROMANS

Je me souviens
Trois chambres à Manhattan
Au bout du rouleau
Lettre à mon juge
Pedigree
La neige était sale
Le fond de la bouteille
Le destin des Malou
Les fantômes du chapelier
La jument perdue
Les quatre jours du pauvre homme
Un nouveau dans la ville
L'enterrement de Monsieur Bouvet
Les volets verts
Tante Jeanne
Le temps d'Anaïs
Une vie comme neuve
Marie qui louche
La mort de Belle
La fenêtre des Rouet
Le petit homme d'Arkhangelsk
La fuite de Monsieur Monde
Le passager clandestin
Les frères Rio
Antoine et Julie
L'escalier de fer
Feux rouges
Crime impuni
L'horloger d'Everton
Le grand Bob
Les témoins
La boule noire
Les complices
En cas de malheur
Le fils
Le nègre
Strip-tease
Le président
Dimanche
La vieille
Le passage de la ligne
Le veuf
L'ours en peluche
Betty
Le train
La porte
Les autres
Les anneaux de Bicêtre
La rue aux trois poussins
La chambre bleue
L'homme au petit chien
Le petit saint
Le train de Venise
Le confessionnal
La mort d'Auguste
Le chat
Le déménagement
La main
La prison
Il y a encore des noisetiers
Novembre
Quand j'étais vieux
Le riche homme
La disparition d'Odile
La cage de verre
Les innocents

MÉMOIRES

Lettre à ma mère
Un homme comme un autre
Des traces de pas
Les petits hommes
Vent du nord vent du sud
Un banc au soleil
De la cave au grenier
A l'abri de notre arbre
Tant que je suis vivant
Vacances obligatoires
La main dans la main
Au-delà de ma porte-fenêtre
Je suis resté un enfant de chœur
Point-virgule
A quoi bon jurer ?
Le prix d'un homme
On dit que j'ai soixante-quinze ans
Quand vient le froid
Mémoires intimes

GEORGES SIMENON

LE COMMISSAIRE MAIGRET

L'OMBRE CHINOISE

FAYARD

ISBN 2-266-00077-2

1

L'OMBRE CHINOISE

IL était dix heures du soir. Les grilles du square étaient fermées, la place des Vosges déserte, avec les pistes luisantes des voitures tracées sur l'asphalte et le chant continu des fontaines, les arbres sans feuilles et la découpe monotone sur le ciel des toits tous pareils.

Sous les arcades, qui font une ceinture prodigieuse à la place, peu de lumières. A peine trois ou quatre boutiques. Le commissaire Maigret vit une famille qui mangeait dans l'une d'elles, encombrée de couronnes mortuaires en perles.

Il essayait de lire les numéros au-dessus des portes, mais à peine avait-il dépassé la boutique aux couronnes qu'une petite personne sortit de l'ombre.

« C'est à vous que je viens de téléphoner? »

Il devait y avoir longtemps qu'elle guettait. Malgré le froid de novembre, elle n'avait pas passé de manteau sur son tablier. Son nez était rouge, ses yeux inquiets.

A moins de cent mètres, à l'angle de la rue de Béarn, un agent en uniforme était en faction.

« Vous ne l'avez pas averti? grommela Maigret.

— Non! à cause de Mme de Saint-Marc, qui va accoucher... Tenez! C'est l'auto du docteur, qu'on a appelé d'urgence... »

Il y avait trois voitures au bord du trottoir, lanternes allumées, feu rouge à l'arrière. Le ciel, où passaient des nuages sur un fond baigné de lune, avait des pâleurs équivoques. On eût dit que la première neige était dans l'air.

La concierge s'engageait sous la voûte de l'immeuble, éclairée par une ampoule de vingt-cinq bougies toute ternie par la poussière.

« Je vais vous expliquer... Ici, c'est la cour... On doit la traverser pour aller dans n'importe quelle partie de la maison, sauf dans les deux boutiques... Voici ma loge, à gauche... Ne faites pas attention... Je n'ai pas eu le temps de mettre les enfants au lit... »

Ils étaient deux, un garçon et une fille, dans la cuisine en désordre. Mais la concierge n'y entrait pas. Elle désignait un long bâtiment, au fond de la cour qui était vaste, de proportions harmonieuses.

« C'est là... Vous allez comprendre... »

Maigret regardait curieusement ce drôle de

bout de femme dont les mains agitées trahissaient la fièvre.

« On demande un commissaire à l'appareil! » lui avait-on dit un peu plus tôt au Quai des Orfèvres.

Il avait entendu une voix assourdie. Il avait répété trois ou quatre fois :

« Mais parlez donc plus fort!... Je ne vous entends pas!...

— Je ne peux pas... Je vous téléphone du bureau de tabac... Alors... »

Et c'était un message à bâtons rompus.

« Il faudrait venir tout de suite au 61, place des Vosges... Oui... Je crois que c'est un crime... Mais que cela ne se sache pas encore!... »

Et maintenant la concierge désignait les grandes fenêtres du premier étage. Derrière les rideaux, on voyait des ombres aller et venir.

« C'est là...

— Le crime?

— Non! Mme de Saint-Marc qui accouche... Son premier accouchement... Elle n'est pas très solide... Vous comprenez?... »

Et la cour était plus sombre encore que la place des Vosges. Une seule lampe fixée au mur l'éclairait. On devinait un escalier derrière une porte vitrée puis, par-ci, par-là, des fenêtres éclairées.

« Mais le crime?

— Voilà ! A six heures, les employés de chez Couchet sont partis...

— Un instant. Qu'est-ce que c'est « chez Couchet » ?

— Les bâtiments du fond... Un laboratoire où on fabrique des sérums... Vous devez connaître... Les sérums du docteur Rivière...

— Cette fenêtre éclairée ?

— Attendez... Nous sommes le 30... Alors, M. Couchet était là... Il a l'habitude de rester seul après la fermeture des bureaux... Je l'ai vu à travers les vitres, assis dans son fauteuil... Regardez... »

Une fenêtre aux carreaux dépolis. Une ombre étrange, comme celle d'un homme affalé en avant sur son bureau.

« C'est lui ?

— Oui... Vers huit heures, quand j'ai vidé ma poubelle, j'ai jeté un coup d'œil... Il écrivait... On voyait fort bien la main qui tenait un porte-plume ou un crayon...

— A quelle heure le crime...

— Un moment ! Je suis montée pour prendre des nouvelles de Mme de Saint-Marc... J'ai encore regardé en descendant... Il était comme maintenant, même que j'ai cru qu'il s'était endormi... »

Maigret commençait à s'impatienter.

« Puis, un quart d'heure plus tard...

— Oui! Il était toujours à la même place! Allez au fait...

— C'est tout... J'ai voulu me rendre compte... J'ai frappé à la porte du bureau... On n'a pas répondu et je suis entrée... Il est mort... Il y a du sang partout...

— Pourquoi n'avez-vous pas prévenu le commissariat? C'est à deux pas, rue de Béarn...

— Et ils seraient tous arrivés en uniforme!... Ils auraient bouleversé la maison!... Je vous ai dit que Mme de Saint-Marc... »

Maigret avait les deux mains dans les poches, la pipe aux dents. Il regarda les fenêtres du premier et eut l'impression que le moment approchait, car on s'agitait davantage. On entendit une porte s'ouvrir, des pas dans l'escalier. Une haute et large silhouette se profila dans la cour et la concierge, touchant le bras du commissaire, murmura avec respect :

« M. de Saint-Marc... C'est un ancien ambassadeur... »

L'homme, dont on ne distinguait pas le visage, s'arrêta, se remit en marche, s'arrêta encore, observant sans cesse ses propres fenêtres.

« On a dû l'envoyer dehors... Déjà tout à l'heure... Venez... Bon! Les voilà encore avec leur phonographe!... Et juste au-dessus des Saint-Marc! »

Une fenêtre plus petite au second étage, plus

mal éclairée. Elle était fermée et on devinait, plutôt qu'on entendait, la musique d'un gramophone.

La concierge, toute plate, nerveuse, les yeux rouges, les doigts agités, marchait vers le fond de la cour, montrait un petit perron, une porte entrouverte.

« Vous le verrez, à gauche... J'aime mieux ne plus entrer... »

***

Un bureau banal. Des meubles clairs. Un papier peint uni.

Et un homme de quarante-cinq ans, assis dans un fauteuil, la tête sur les papiers épars devant lui. Il avait reçu une balle en pleine poitrine.

Maigret tendit l'oreille : la concierge était toujours dehors, à l'attendre, et M. de Saint-Marc continuait à arpenter la cour. De temps en temps, un autobus passait sur la place et son vacarme rendait plus absolu le silence qui suivait.

Le commissaire ne toucha à rien. Il s'assura seulement que l'arme n'était pas restée dans le bureau, resta trois ou quatre minutes à regarder autour de lui en tirant de petites bouffées de sa pipe, puis il sortit, l'air buté.

« Eh bien? »

La concierge était toujours là. Elle parlait bas.

« Rien! Il est mort!

— On vient d'appeler M. de Saint-Marc là-haut... »

Il y avait un remue-ménage dans l'appartement. Des portes claquaient. Quelqu'un courait.

« Elle est si fragile!

— Ouais! grogna Maigret en se grattant la nuque. Seulement ce n'est pas de cela qu'il s'agit. Es -ce que vous avez une idée de la personne qui peut avoir pénétré dans le bureau?

— Moi?... Comment?...

— Pardon! de votre loge, vous devez voir passer les locataires.

— Je devrais! Si le propriétaire me donnait une loge convenable et ne regardait pas à l'éclairage... C'est tout juste si j'entends des pas et si, le soir, j'aperçois des ombres... Il y a des pas que je reconnais...

— Vous n'avez rien remarqué d'anormal depuis six heures?

— Rien! Presque tous les locataires sont venus vider leur poubelle... C'est ici, à gauche de ma loge... Vous voyez les trois boîtes à ordures?... Ils n'ont pas le droit de venir avant sept heures du soir...

— Et personne n'est entré par la voûte?

— Comment voulez-vous que je sache?... On voit que vous ne connaissez pas l'immeuble... Il y a vingt-huit locataires... Sans compter la maison Couchet, où c'est un va-et-vient continuel... »

Des pas dans le porche. Un homme coiffé d'un chapeau melon pénétrait dans la cour, tournait à gauche et, s'approchant des poubelles, saisissait une boîte à ordures vide. Malgré l'obscurité, il dut apercevoir Maigret et la concierge, car il resta un instant immobile, prononça enfin :

« Rien pour moi?

— Rien, monsieur Martin... »

Et Maigret s'informait :

« Qui est-ce?

— Un fonctionnaire de l'Enregistrement, M. Martin, qui habite au second avec sa femme.

— Par quel hasard sa boîte à ordures?...

— Ils font presque tous ainsi quand ils ont à sortir... Ils la descendent en partant, la reprennent au retour... Vous avez entendu?

— Quoi?

— Il me semble... comme un vagissement... Si seulement les deux, là-haut, voulaient arrêter leur sacré phonographe!... Remarquez qu'elles savent très bien que Mme de Saint-Marc accouche... »

Elle se précipita vers l'escalier que quelqu'un descendait.

« Eh bien, docteur?... Est-ce un garçon?...

— Une fille. »

Et le médecin passa. On l'entendit qui mettait sa voiture en route, démarrait.

La maison continuait à vivre sa vie quotidienne. La cour sombre. La voûte et son ampoule piteuse. Les fenêtres éclairées et une vague musique de phonographe.

Le mort était toujours dans son bureau, tout seul, la tête sur des lettres éparpillées.

Soudain un cri, au second étage. Un cri perçant, comme un appel désespéré. Mais la concierge ne tressaillait même pas, soupirait en poussant la porte de sa loge :

« Bon! Encore la folle... »

Elle cria à son tour, parce que l'un de ses gosses avait cassé une assiette. A la lumière, Maigret voyait un visage maigre, fatigué, un corps sans âge.

« Quand est-ce que ça va commencer, toutes les formalités ? » questionna-t-elle.

Le bureau de tabac, en face, était encore ouvert et quelques minutes plus tard Maigret s'enfermait dans la cabine téléphonique. A mi-voix, lui aussi, il donnait des instructions.

« Oui... Le Parquet... 61... C'est presque à l'angle de la rue de Turenne... Et qu'on prévienne l'Identité judiciaire... Allô!... Oui, je reste sur les lieux... »

Il fit quelques pas sur le trottoir, s'engagea machinalement sous la voûte et finit par se camper au milieu de la cour, maussade, les épaules rentrées à cause du froid.

Aux fenêtres, les lumières commençaient à s'éteindre. Le mort continuait à se découper en ombre chinoise sur la vitre dépolie.

Un taxi s'arrêta. Ce n'était pas encore le Parquet. Une jeune femme traversait la cour à pas pressés, laissant derrière elle un sillage parfumé, et poussait la porte du bureau.

2

UN CHIC TYPE

IL y eut toute une série de fausses manœuvres qui aboutit à une situation cocasse. La jeune femme, découvrant le cadavre, se retourna tout d'une pièce. Dans l'encadrement de la porte, elle aperçut la haute silhouette de Maigret. Association d'images machinale : un mort d'une part, l'assassin de l'autre.

Et, les yeux écarquillés, le corps ramassé sur lui-même, elle ouvrit la bouche pour appeler au secours, laissa tomber son sac à main.

Maigret n'avait pas le temps de parlementer. Il la saisit par un bras, lui mit la main sur la bouche.

« Chut!... Vous vous trompez!... Police... »

Le temps de réaliser le sens de ces mots, elle se débattit, en femme nerveuse qu'elle était, essaya de mordre, donna par-derrière des coups de talon.

De la soie craqua : la bretelle de la robe.

Et tout se calma enfin. Maigret répétait :

« Pas de bruit... Je suis de la police... Il est inutile d'ameuter la maison... »

C'était la caractéristique de ce crime que ce silence inusité en pareil cas, ce calme, ces vingt-huit locataires qui poursuivaient leur existence normale autour du cadavre.

La jeune femme remettait de l'ordre dans sa toilette.

« Vous étiez sa maîtresse? »

Un regard hargneux à Maigret, en même temps qu'elle cherchait une épingle pour rattacher sa bretelle.

« Vous aviez rendez-vous avec lui ce soir?

— A huit heures, au Select... Nous devions dîner ensemble et aller au théâtre...

— En ne le voyant pas à huit heures, vous n'avez pas téléphoné?

— Oui! On m'a répondu que l'appareil était décroché. »

Tous deux le voyaient en même temps, sur le bureau. L'homme avait dû le renverser en tombant en avant.

Des pas dans la cour, où les moindres bruits s'amplifiaient ce soir-là comme sous une cloche. La concierge appela du seuil, pour ne pas voir le cadavre.

« Monsieur le Commissaire... Ce sont ceux du quartier... »

Elle ne les aimait pas. Ils arrivaient à quatre ou cinq, sans essayer de passer inaperçus. L'un d'eux finissait de raconter une histoire amusante. Un autre questionnait en atteignant le bureau :

« Où est le cadavre? »

Le commissaire du quartier étant absent, c'était son secrétaire qui le remplaçait et Maigret se trouva d'autant plus à l'aise pour garder la direction des opérations.

« Laissez vos hommes dehors. J'attends le Parquet. Il est souhaitable que les locataires ne se doutent de rien... »

Et, pendant que le secrétaire faisait le tour du bureau, il se tourna à nouveau vers la jeune femme.

« Comment vous appelez-vous?

— Nine... Nine Moinard, mais on dit toujours Nine...

— Il y a longtemps que vous connaissez Couchet?

— Peut-être six mois... »

Il n'y avait pas besoin de lui poser beaucoup de questions. Il suffisait de l'observer. Une assez jolie fille, encore à ses débuts. Sa toilette sortait d'une bonne maison. Mais sa façon de se maquiller, de tenir son sac et ses gants, de regarder les gens d'un air agressif trahissait les coulisses d'un music-hall.

« Danseuse?

— J'étais au Moulin-Bleu...

— Et maintenant?

— Je suis avec lui... »

Elle n'avait pas eu le temps de pleurer. Tout s'était passé trop rapidement et elle n'avait pas encore une notion très nette de la réalité.

« Il vivait avec vous ?

— Pas tout à fait, puisqu'il est marié... Mais enfin...

— Votre adresse ?

— A l'hôtel Pigalle... rue Pigalle... »

Le secrétaire du commissariat remarquait :

« On ne pourra en tout cas pas prétendre qu'il y a eu vol !

— Pourquoi ?

— Regardez ! Le coffre-fort est derrière lui. Il n'est pas fermé à clef, mais le dos du mort empêche d'en ouvrir la porte ! »

Nine, qui avait tiré un tout petit mouchoir de son sac, reniflait et se tamponnait les narines.

L'instant d'après, l'atmosphère changeait. Freins d'autos dehors. Pas et voix dans la cour. Puis des poignées de main, des questions, des colloques bruyants. Le Parquet était arrivé. Le médecin légiste examinait le cadavre et les photographes installaient leurs appareils.

Pour Maigret, c'était un moment désagréable à passer. Après les quelques phrases indispensables, il gagna la cour, les mains dans les poches, alluma sa pipe, se heurta à quelqu'un, dans l'ombre. C'était la concierge, qui ne pouvait se résigner à laisser des inconnus circuler dans sa maison sans s'inquiéter de leurs faits et gestes.

« Comment vous appelle-t-on? lui demanda Maigret, avec bienveillance.

— Mme Bourcier... Ces messieurs vont rester longtemps?... Regardez! il n'y a plus de lumière dans la chambre de Mme de Saint-Marc. Elle a dû s'endormir, la pauvre... »

En examinant la maison, le commissaire aperçut une autre lumière, un rideau crème et, derrière, une silhouette de femme. Elle était petite et maigre, comme la concierge. On n'entendait pas sa voix. Mais ce n'était pas nécessaire pour deviner qu'elle était en proie à la colère. Tantôt elle restait rigoureusement immobile, à fixer quelqu'un qu'on ne voyait pas. Puis soudain elle parlait, gesticulait, faisait quelques pas en avant.

« Qui est-ce?

— Mme Martin... Vous avez vu rentrer son mari tout à l'heure... Vous savez, celui qui a remonté sa boîte à ordures... Le fonctionnaire de l'Enregistrement...

— Ils ont l'habitude de se disputer?

— Ils ne se disputent pas... Il n'y a qu'elle à crier... Lui n'ose même pas ouvrir la bouche... »

De temps en temps, Maigret jetait un coup d'œil dans le bureau où ils étaient une dizaine à s'agiter. Le juge d'instruction, du seuil, appela la concierge.

« Qui est, après M. Couchet, le dirigeant de l'affaire?

— Le directeur, M. Philippe. Il n'habite pas loin : dans l'île Saint-Louis...

— Il a le téléphone?

— Sûrement... »

On entendit parler à l'appareil. Là-haut, Mme Martin ne se découpait plus sur le rideau. Par contre, un être falot descendait l'escalier, traversait la cour à pas furtifs et gagnait la rue. Maigret avait reconnu le chapeau melon et le pardessus mastic de M. Martin.

Il était minuit. Les jeunes filles au phonographe éteignirent leur lumière. Il ne restait plus d'éclairé, outre les bureaux, que le salon des Saint-Marc, au premier, où l'ancien ambassadeur et la sage-femme conversaient à mi-voix dans une fade odeur de clinique.

⁂

Malgré l'heure, M. Philippe, lorsqu'il arriva, était tiré à quatre épingles, la barbe brune bien lissée, les mains gantées de suède gris. C'était un homme d'une quarantaine d'années, le type même de l'intellectuel sérieux et bien élevé.

Certes, la nouvelle l'étonna, le bouleversa même. Mais, dans son émotion, il y avait comme une restriction.

« Avec la vie qu'il menait... soupira-t-il.

— Quelle vie?

— Je ne dirai jamais de mal de M. Couchet. D'ailleurs, il n'y a pas de mal à en dire. Il était le maître de son temps...

— Un instant! Est-ce que M. Couchet dirigeait son affaire lui-même?

— Ni de près ni de loin. C'est lui qui l'a lancée. Mais, une fois en train, il m'a laissé toutes les responsabilités. Au point que j'étais parfois quinze jours sans le voir. Tenez! Aujourd'hui même, je l'ai attendu jusqu'à cinq heures. C'est veille d'échéance. M. Couchet devait m'apporter les fonds nécessaires aux paiements de demain. Environ trois cent mille francs. A cinq heures, j'ai été forcé de partir et je lui ai laissé un rapport sur le bureau. »

On l'y trouva, tapé à la machine, sous la main du mort. Un rapport banal : proposition d'augmentation d'un employé et de suppression d'un des livreurs; projet de publicité dans les pays d'Amérique latine, etc.

« Si bien que les trois cent mille francs devraient être ici? questionna Maigret.

— Dans le coffre. La preuve, c'est que M. Couchet l'a ouvert. Nous sommes deux, lui et moi, à avoir la clef et le secret... »

Mais, pour ouvrir le coffre, il fallait enlever le corps et on attendait que la tâche des photographes fût terminée. Le médecin légiste faisait son rapport verbal. Couchet avait été atteint d'une balle dans la poitrine et l'aorte ayant été sectionnée, la mort avait été foudroyante. La distance entre l'assassin et sa victime pouvait être évaluée à trois mètres. Enfin, la balle était du calibre le plus courant : 6,35 mm.

M. Philippe donnait quelques explications au juge.

« Nous n'avons, place des Vosges, que nos laboratoires, qui se trouvent derrière ce bureau... »

Il ouvrit une porte. On aperçut une grande salle au toit vitré où étaient rangées des milliers d'éprouvettes. Derrière une autre porte, Maigret crut entendre du bruit.

« Qu'est-ce qu'il y a là?

— Les cobayes... Et, à droite, ce sont les bureaux des dactylos et des employés... Nous avons d'autres locaux à Pantin, d'où se font la plupart des expéditions, car vous savez sans doute que les sérums du docteur Rivière sont connus dans le monde entier...

— C'est Couchet qui les a lancés?

— Oui! Le docteur Rivière n'avait pas d'argent. Couchet a financé ses recherches. Il y a une dizaine d'années, il a monté un labcratoire qui n'avait pas encore l'importance de celui-ci...

— Le docteur Rivière est toujours dans l'affaire?

— Il est mort voilà cinq ans, au cours d'un accident d'auto. »

On emportait enfin le corps de Couchet et, dès que l'on ouvrit la porte du coffre-fort, il y eut des exclamations : tout l'argent qu'il contenait avait disparu. Il ne restait que des papiers d'affaires. M. Philippe expliquait :

« Non seulement les trois cent mille francs que M. Couchet a certainement apportés, mais encore soixante mille francs qui ont été encaissés cet après-midi et que j'avais placés moi-même dans ce casier, entourés d'un élastique ! »

Dans le portefeuille du mort, rien ! Ou plutôt deux billets numérotés pour un théâtre de la Madeleine, dont la vue déclencha les sanglots de Nine.

« C'était pour nous !... Nous devions y aller ensemble... »

C'était la fin. Le désordre s'était accru. Les photographes repliaient les pieds encombrants des appareils... Le médecin légiste se lavait les mains à une fontaine qu'il avait découverte dans un placard et le greffier du juge d'instruction manifestait sa fatigue.

Pendant quelques instants, pourtant, Maigret, malgré toute cette agitation, eut une sorte de tête-à-tête avec le mort.

Un homme vigoureux, plutôt petit, grassouillet. Comme Nine, il ne s'était sans doute jamais débarrassé d'une certaine vulgarité, en dépit de ses vêtements bien coupés, de ses ongles manucurés, du linge de soie fait sur mesure.

Ses cheveux blonds devenaient rares. Ses yeux devaient être bleus et avoir une expression un peu enfantine.

« Un chic type! » soupira une voix derrière lui.

C'était Nine, qui pleurait d'attendrissement et qui prenait Maigret à témoin, faute d'oser s'adresser aux gens plus solennels du Parquet.

« Je vous jure que c'était un chic type! Dès qu'il croyait que quelque chose pourrait me faire plaisir... Et pas seulement à moi!... A n'importe qui!... Je n'ai jamais vu un homme donner des pourboires comme lui... Au point que je le grondais... Je lui disais qu'on le considérait comme une poire... Alors il répondait :

« — Qu'est-ce que ça peut faire?... »

Le commissaire demanda gravement :

« Il était gai?

— Plutôt gai... Mais pas gai dans le fond... Vous comprenez?... C'est difficile à expliquer... Il avait besoin de bouger, de faire quelque chose... S'il restait tranquille, il devenait sombre ou inquiet...

— Sa femme?...

— Je l'ai vue une fois, de loin... Je n'ai pas de mal à dire d'elle...

— Où habitait Couchet?

— Boulevard Haussmann. Mais, la plupart du temps, il allait à Meulan, où il a une villa... »

Maigret tourna vivement la tête, vit la concierge qui n'osait pas entrer et qui lui adressait des signes en montrant un visage plus malheureux que jamais.

« Dites !... Il descend...

— Qui ?

— M. de Saint-Marc... Il a dû entendre tout le bruit... Le voici... Un jour comme celui-ci !... Pensez... »

L'ancien ambassadeur, en robe de chambre, hésitait à s'avancer. Il avait reconnu une descente de Parquet. D'ailleurs le corps, sur la civière, passa près de lui.

« Qu'est-ce que c'est ? demanda-t-il à Maigret.

— Un homme qu'on a tué... Couchet, le propriétaire des sérums... »

Le commissaire eut l'impression que son interlocuteur était soudain frappé par une pensée, comme s'il se fût souvenu de quelque chose.

« Vous le connaissiez ?

— Non... C'est-à-dire que j'ai entendu parler de lui...

— Et ?...

— Rien ! Je ne sais rien... A quelle heure... le...

— Le crime a dû être commis entre huit et neuf heures... »

M. de Saint-Marc soupira, lissa ses cheveux argentés, adressa un signe de tête à Maigret et se dirigea vers l'escalier conduisant à son appartement.

La concierge s'était tenue à l'écart. Puis elle avait rejoint quelqu'un qui allait et venait penché en avant, sous la voûte. Quand elle revint vers le commissaire, celui-ci la questionna.

« Qui est-ce?

— M. Martin... Il est en train de chercher un gant qu'il a perdu... Il faut vous dire qu'il ne sort jamais sans gants, même pour aller acheter des cigarettes à cinquante mètres d'ici. »

M. Martin, maintenant, tournait autour des poubelles, allumait quelques tisons, se résignait enfin à remonter chez lui.

Des gens se serraient la main, dans la cour. Le Parquet s'en allait. Le juge d'instruction eut un court entretien avec Maigret.

« Je vous laisse travailler... Naturellement, vous me tiendrez au courant... »

M. Philippe, toujours correct comme une gravure de mode, s'inclinait devant le commissaire.

« Vous n'avez plus besoin de moi?

— Je vous verrai demain... Je suppose que vous serez à votre bureau?...

— Comme d'habitude... A neuf heures précises... »

Il y eut soudain une minute émouvante, sans pourtant qu'elle fût marquée par le moindre événement. La cour était toujours plongée dans l'ombre. Une seule lampe. Puis la voûte avec son ampoule poussiéreuse.

Dehors, les autos qui embrayaient, glissaient sur l'asphalte, éclairaient un instant les arbres de la place des Vosges de leurs phares.

Le mort n'était plus là. Le bureau semblait avoir été mis à sac. Personne n'avait pensé à éteindre les lumières et le laboratoire était éclairé comme pour un travail de nuit intensif.

Et voilà qu'ils se retrouvaient à trois, au milieu de la cour, trois êtres dissemblables, qui ne se connaissaient pas une heure plus tôt et que, pourtant, de mystérieuses affinités semblaient réunir.

Mieux encore : ils étaient comme les membres de la famille qui restent seuls, après un enterrement, quand les indifférents sont partis !

Ce n'était qu'une impression fugitive de Maigret, tandis qu'il regardait tour à tour le visage chiffonné de Nine, les traits tirés de la concierge.

« Vous avez mis vos enfants au lit ?

— Oui... Mais ils ne dorment pas... Ils sont inquiets... On dirait qu'ils sentent... »

Mme Bourcier avait une question à poser, une question dont elle avait presque honte mais qui, pour elle, était capitale.

« Est-ce que vous croyez... »

Son regard fit le tour de la cour, sembla s'arrêter à toutes les fenêtres éteintes.

« ... que... que c'est quelqu'un de la maison ? »

Et maintenant c'était la voûte qu'elle fixait, ce large porche à la porte toujours ouverte, sauf après onze heures du soir, qui faisait communiquer la cour avec la rue, qui permettait l'accès de l'immeuble à tout l'inconnu du dehors.

Nine, elle, avait une pose contrainte, et de temps en temps elle lançait un regard furtif au commissaire.

« L'enquête répondra sans doute à votre question, madame Bourcier... Pour l'instant, une seule chose paraît certaine ; c'est que celui qui a volé les trois cent soixante mille francs n'est pas le même que celui qui a tué... Du moins est-ce probable, puisque M. Couchet fermait le coffre-fort de son dos... A propos, y avait-il ce soir de la lumière dans le laboratoire ?

— Attendez !... Oui, je crois... Mais pas tant que maintenant... M. Couchet devait avoir allumé une lampe ou deux pour aller aux lavabos, qui sont tout au fond des locaux... »

Maigret se dérangea pour tout éteindre, tandis que la concierge restait sur le seuil, bien que le corps ne fût plus là. Dans la cour, le commissaire retrouva Nine qui l'attendait. Il entendit du bruit quelque part au-dessus de sa tête, le bruit d'un objet qui frôle une vitre.

Mais toutes les fenêtres étaient closes, toutes les lampes éteintes.

Quelqu'un avait bougé, quelqu'un veillait dans l'ombre d'une chambre.

« A demain, madame Bourcier... Je serai ici avant l'ouverture des bureaux...

— Je vous suis ! Il faut que je ferme la porte cochère... »

Nine, au bord du trottoir, remarquait :

« Je croyais que vous aviez une voiture. »

Elle ne se décidait pas à le quitter. En regardant par terre, elle ajouta :

« De quel côté habitez-vous ?

— A deux pas d'ici, boulevard Richard-Lenoir.

— Il n'y a plus de métro, n'est-ce pas ?

— Je ne pense pas.

— Je voudrais vous avouer quelque chose...

— J'écoute. »

Elle n'osait toujours pas le regarder. Derrière eux, on entendait les verrous tirés par la concierge, puis les pas de celle-ci, qui regagnait sa loge. Il n'y avait pas une âme sur la place. Les fontaines chantaient. L'horloge de la mairie sonna une heure.

« Vous allez trouver que j'abuse... Je ne sais

pas ce que vous penserez... Je vous ai dit que Raymond était très généreux... Il ne connaissait pas la valeur de l'argent... Il me donnait tout ce que je voulais... Vous comprenez?...

— Et?...

— C'est ridicule... Je demandais le moins possible... J'attendais qu'il y pense... D'ailleurs, puisqu'il était presque toujours avec moi, je n'avais besoin de rien... Aujourd'hui, je devais dîner avec lui... Eh bien!...

— Fauchée?

— Ce n'est même pas cela! protesta-t-elle. C'est plus stupide! Je pensais lui demander de l'argent ce soir. J'ai payé à midi une facture... »

Elle était à la torture. Elle épiait Maigret, prête à se replier au moindre sourire.

« Je n'ai jamais imaginé qu'il ne viendrait pas... J'avais encore un peu d'argent dans mon sac... En l'attendant, au Select, j'ai mangé des huîtres, puis de la langouste... J'ai téléphoné... C'est en arrivant ici que je me suis aperçue qu'il me restait juste de quoi payer mon taxi...

— Et chez vous?

— Je suis à l'hôtel...

— Je vous demande si vous avez un peu d'argent de côté...

— Moi?

Un petit rire nerveux.

« Pour quoi faire?... Est-ce que je pouvais

prévoir?... Même si j'avais su, je n'aurais pas voulu... »

Maigret soupira.

« Venez avec moi jusqu'au boulevard Beaumarchais. Il n'y a que là que vous trouverez un taxi à cette heure. Qu'est-ce que vous allez faire?

— Rien... je... »

N'empêche qu'elle frissonna. Il est vrai qu'elle n'était vêtue que de soie.

« Il n'avait pas fait de testament?

— Est-ce que je sais, moi?... Est-ce que vous croyez qu'on s'occupe de ces choses-là quand tout va bien?... Raymond était un chic type... Je... »

Elle pleurait tout en marchant, sans bruit. Le commissaire lui glissa un billet de cent francs dans la main, fit signe à une voiture qui passait, grommela en enfonçant les poings dans ses poches :

« A demain... C'est bien hôtel Pigalle que vous m'avez dit? »

Quand il se coucha, Mme Maigret ne s'éveilla que juste le temps de murmurer dans une demi-conscience : « Tu as dîné, au moins? »

3

LE COUPLE DE PIGALLE

EN sortant de chez lui, vers huit heures du matin, Maigret avait le choix entre trois démarches qui, toutes trois, devaient être faites ce jour-là : revoir les locaux de la place des Vosges et interroger le personnel ; rendre visite à Mme Couchet, qui avait été mise au courant des événements par la police du quartier, et enfin questionner à nouveau Nine.

Dès son réveil, il avait téléphoné à la Police judiciaire la liste des locataires de la maison, ainsi que de toutes les personnes mêlées de près ou de loin au drame et, quand il passerait à son bureau, des renseignements détaillés l'attendraient.

Le marché battait son plein, boulevard Richard-Lenoir. Il faisait si froid que le commissaire releva le col de velours de son pardessus. La place des Vosges était proche, mais il fallait s'y rendre à pied.

Or, un tramway passait en direction de la

place Pigalle et c'est ce qui décida Maigret. Il verrait d'abord Nine.

Bien entendu, elle n'était pas levée. Au bureau de l'hôtel, on le reconnut et on s'inquiéta.

« Elle n'est pas mêlée à une histoire embêtante, au moins ? Une fille si tranquille !

— Elle reçoit beaucoup ?

— Rien que son ami.

— Le vieux ou le jeune ?

— Elle n'en a qu'un. Ni vieux ni jeune... »

L'hôtel était confortable, avec ascenseur, téléphone dans les chambres. Maigret fut déposé au troisième étage, frappa au 27, entendit quelqu'un remuer dans un lit, puis une voix balbutier :

« Qu'est-ce que c'est ?

— Ouvrez, Nine ! »

Une main dut sortir des couvertures, atteindre le verrou. Maigret pénétra dans la pénombre moite, aperçut le visage chiffonné de la jeune femme, alla tirer les rideaux.

« Quelle heure est-il ?

— Pas encore neuf heures... Ne vous dérangez pas... »

Elle fermait à demi les yeux, à cause de la lumière crue. Telle quelle, elle n'était pas jolie et elle avait davantage l'air d'une petite fille de la campagne que d'une coquette. Deux ou trois fois elle se passa la main sur le visage, finit par s'asseoir sur le lit en se faisant un dossier de l'oreiller. Enfin elle décrocha le téléphone.

« Vous me servirez le petit déjeuner! »

Et, à Maigret :

« Quelle histoire!... Vous ne m'en voulez pas de vous avoir tapé, hier au soir?... C'est bête!... Il faudra que j'aille vendre mes bijoux...

— Vous en avez beaucoup? »

Elle désigna la toilette où, dans un cendrier-réclame, il y avait quelques bagues, un bracelet, une montre, le tout valant à peu près cinq mille francs.

On frappait à la porte de la chambre voisine et Nine tendit l'oreille, esquissa un vague sourire en entendant frapper à nouveau avec insistance.

« Qui est-ce? questionna Maigret.

— Mes voisins? Je ne sais pas! Mais si on parvient à les réveiller à cette heure-ci...

— Que voulez-vous dire?

— Rien! Ils ne se lèvent jamais avant quatre heures de l'après-midi, quand ils se lèvent!

— Ils se droguent? »

Ses cils battirent affirmativement, mais elle s'empressa d'ajouter :

« Vous n'allez pas profiter de ce que je vous dis, n'est-ce pas? »

La porte avait cependant fini par s'ouvrir. Celle de Nine aussi et une femme de chambre apportait le plateau avec le café au lait et les croissants.

« Vous permettez? »

Elle avait les yeux cernés et sa chemise de nuit laissait voir des épaules maigres, un petit sein pas très ferme de gamine mal poussée. Tandis qu'elle mettait des morceaux de croissant à tremper dans son café au lait, elle continuait à tendre l'oreille comme si, malgré tout, elle eût été intéressée par ce qui se passait à côté.

« Est-ce que je serai mêlée à l'histoire? dit-elle néanmoins. Ce serait embêtant, si on parlait de moi dans les journaux! Surtout pour Mme Couchet... »

Et, comme on frappait à la porte de petits coups faibles mais précipités, elle cria :

« Entrez! »

C'était une femme d'une trentaine d'années, qui avait passé un manteau de fourrure sur sa chemise de nuit et dont les pieds étaient nus. Elle faillit battre en retraite en apercevant le large dos de Maigret, puis elle s'enhardit, balbutia :

« Je ne savais pas que vous aviez du monde! »

Le commissaire tressaillit en entendant cette voix traînante, qui semblait sortir difficilement d'une bouche trop pâteuse. Il regarda la femme qui refermait la porte, vit un visage sans couleur, aux paupières bouffies. Un coup d'œil à Nine le confirma dans son idée. C'était bien la voisine aux stupéfiants.

« Qu'est-ce qui vous arrive?

— Rien! Roger a une visite... Alors... Je me suis permis... »

Elle s'assit au pied du lit, abrutie, soupira comme Nine l'avait fait :

« Mais quelle heure est-il?

— Neuf heures! dit Maigret. Vous avez l'air de ne pas aimer la cocaïne, vous!

— Ce n'est pas de la cocaïne... C'est de l'éther... Roger prétend que c'est meilleur et que... »

Elle avait froid. Elle se leva pour aller se coller au radiateur, regarda dehors.

« Il va encore pleuvoir... »

Tout cela était morne, découragé. Sur la toilette, le peigne était plein de cheveux cassés. Les bas de Nine traînaient par terre.

« Je vous dérange, n'est-ce pas?... Mais il paraît que c'est important... Il s'agit du père de Roger, qui est mort... »

Maigret regardait Nine et il remarqua qu'elle fronçait soudain les sourcils comme quelqu'un qui est frappé par une idée. Au même instant, la femme qui venait de parler portait la main à son menton, réfléchissait, murmurait :

« Tiens! Tiens! »

Et le commissaire de questionner :

« Vous connaissez le père de Roger?

— Je ne l'ai jamais vu... Mais... Attendez!... Dites donc, Nine, il n'est rien arrivé à votre ami? »

Nine et le commissaire échangèrent un regard.

« Pourquoi?

— Je ne sais pas... Cela s'embrouille un peu... Je pense tout à coup qu'un jour Roger m'a dit que son père fréquentait dans la maison... Cela l'amusait... Mais il aimait mieux ne pas le rencontrer et, une fois que quelqu'un montait l'escalier, il est rentré précipitamment dans la chambre... Or, il me semble que la personne en question est entrée ici... »

Nine ne mangeait plus. Elle était embarrassée par le plateau qu'elle avait sur les genoux et son visage trahissait l'inquiétude.

« Son fils?... dit-elle lentement, le regard fixé sur le rectangle glauque de la fenêtre.

— Mais alors!... s'écriait l'autre... Alors, c'est votre ami qui est mort!... Il paraît qu'il s'agit d'un crime...

— Roger Couchet, oui! »

Ils se taisaient tous les trois, troublés.

« Qu'est-ce qu'il fait? reprit le commissaire après une longue minute pendant laquelle on entendit un murmure de voix dans la chambre voisine.

— Comment?

— Quelle est sa profession? »

Et la jeune femme, soudain :

« Vous êtes de la police, n'est-ce pas? »

Elle était agitée. Peut-être allait-elle reprocher à Nine de l'avoir attirée dans un piège.

« Le commissaire est très gentil! dit Nine en sortant une jambe de son lit et en se penchant pour saisir ses bas.

— J'aurais dû m'en douter!... Mais alors, vous saviez déjà avant que... que j'arrive...

— Je n'avais jamais entendu parler de Roger! dit Maigret. Maintenant, il faut que vous me donniez quelques renseignements sur lui...

— Je ne sais rien... Il y a à peine trois semaines que nous sommes ensemble...

— Et avant?

— Il était avec une grande rousse qui se fait passer pour manucure...

— Il travaille? »

Ce mot-là suffit à rendre la gêne plus sensible.

« Je ne sais pas...

— Autrement dit, il ne fait rien... Il a de la fortune?... Il vit largement?...

— Non! Nous mangeons presque toujours dans un « prix fixe » à six francs...

— Il parle souvent de son père?

— Il n'en a parlé qu'une fois, comme je vous l'ai dit...

— Voulez-vous me décrire son visiteur? Vous l'aviez déjà rencontré?

— Non! c'est un homme... Comment dirais-je? Je l'ai pris pour un huissier et quand je suis venue ici, je croyais que c'était cela et que Roger avait des dettes...

— Il est bien habillé?

— Attendez... J'ai vu un chapeau melon, un pardessus beige, des gants... »

Il y avait, entre les deux chambres, une porte de communication cachée par un rideau et probablement condamnée. Maigret eût pu y coller l'oreille et tout entendre, mais il répugnait à le faire devant les deux femmes.

Nine s'habillait, se contentait, en guise de toilette, de passer une serviette mouillée sur son visage. Elle était nerveuse. Ses gestes étaient saccadés. On sentait que les événements la dépassaient, que maintenant elle s'attendait à tous les malheurs, qu'elle ne se sentait pas la force de réagir, ni même de comprendre.

L'autre était plus calme, peut-être parce qu'elle était encore sous l'action de l'éther, peut-être parce qu'elle avait davantage l'expérience de ces sortes de choses.

« Comment vous appelez-vous?

— Céline.

— Vous avez une profession?

— J'étais coiffeuse à domicile.

— Inscrite au registre de la police des mœurs? »

Elle secoua négativement la tête, sans s'indigner. Et on entendait toujours un murmure de voix, à côté.

Nine, qui avait passé une robe, regardait la chambre autour d'elle et soudain éclatait en sanglots, balbutiait :

« Mon Dieu! Mon Dieu!

— C'est une drôle d'histoire! disait lentement Céline. Et, s'il s'agit vraiment d'un crime, on va être bien embêtés...

— Où étiez-vous hier vers huit heures du soir? »

Elle réfléchit.

« Attendez... Huit heures... Eh bien! j'étais au Cyrano...

— Roger vous accompagnait?

— Non... On ne peut tout de même pas être tout le temps ensemble... Je l'ai retrouvé à minuit, au tabac de la rue Fontaine...

— Il vous a dit d'où il venait?

— Je ne lui ai rien demandé... »

Par la fenêtre, Maigret apercevait la place Pigalle, son square minuscule, les enseignes des boîtes de nuit. Soudain, on le vit se redresser, marcher vers la porte.

« Attendez-moi toutes les deux! »

Et il sortit, frappa à la porte voisine dont il tourna aussitôt le bouton.

Un homme en pyjama était assis dans l'unique fauteuil de la chambre où, malgré la fenêtre ouverte, il régnait une écœurante odeur d'éther. Un autre marchait en gesticulant. C'était M. Martin, que Maigret avait rencontré par deux fois la veille, dans la cour de la place des Vosges.

***

« Tiens, vous avez retrouvé votre gant ! »

Et Maigret regardait les deux mains du fonctionnaire de l'Enregistrement, qui devint si pâle que le commissaire crut un instant qu'il allait s'évanouir. Ses lèvres tremblaient. Il essayait de parler sans y parvenir.

« Je... je... »

Le jeune homme n'était pas rasé. Il avait un teint de papier mâché, des yeux bordés de rouge et des lèvres molles qui trahissaient sa veulerie. Il était occupé à boire avidement de l'eau dans le verre à dents.

« Remettez-vous, monsieur Martin ! Je n'espérais pas vous rencontrer ici, surtout à l'heure où votre bureau doit être ouvert depuis longtemps. »

Il observait le bonhomme des pieds à la tête. Il devait faire un effort pour ne pas avoir pitié, tant le malheureux manifestait de désarroi.

Depuis les chaussures jusqu'à la cravate

montée sur un appareil en celluloïd, M. Martin était le prototype du fonctionnaire des caricatures. Un fonctionnaire propret et digne, aux moustaches bien cirées, sans un grain de poussière sur les vêtements, qui se serait sans doute cru déshonoré en sortant les mains nues.

Maintenant, il ne savait qu'en faire, de ses mains, et son regard fouillait les coins de la chambre en désordre comme pour y trouver une inspiration.

« Vous me permettez une question, monsieur Martin ? Depuis combien de temps connaissez-vous Roger Couchet ? »

Ce ne fut plus de la terreur. Ce fut de l'ahurissement.

« Moi ?

« Oui, vous !

— Mais... depuis... depuis mon mariage ! »

Il disait cela comme si la chose eût été évidente par elle-même.

« Je ne comprends pas !

— Roger est mon beau-fils... Le fils de ma femme...

— Et de Raymond Couchet ?

— Mais oui... Puisque... »

Il reprenait de l'assurance.

« Ma femme a été la première femme de Couchet... Elle a eu un fils, Roger... Quand elle a divorcé, je l'ai épousée... »

Cela faisait l'effet d'une bourrasque qui balaie

un ciel de nuages. La maison de la place des Vosges en était transformée. Le caractère des événements changeait. Certains points devenaient plus clairs. D'autres, au contraire, étaient plus troubles, plus inquiétants.

Au point que Maigret n'osait plus parler. Il avait besoin de mettre de l'ordre dans ses idées. Il regardait tour à tour les deux hommes avec une inquiétude croissante.

La nuit même, la concierge lui avait demandé en regardant toutes les fenêtres qu'on apercevait de la cour :

« Croyez-vous que ce soit quelqu'un de la maison?... »

Et son regard se fixait enfin sur la voûte. Elle espérait que l'assassin était venu par là, que c'était quelqu'un du dehors.

Eh bien non! Le drame était bien dans la maison! Maigret était incapable de dire pourquoi, mais il en était sûr.

Quel drame? Il n'en savait rien!

Seulement il sentait que des fils invisibles se tendaient, qui reliaient des points si différents de l'espace, allaient de la place des Vosges à cet hôtel de la rue Pigalle, de l'appartement des Martin au bureau des Sérums du docteur Rivière, de la chambre de Nine à celle du couple abruti par l'éther.

Le plus troublant, c'était peut-être de voir M. Martin jeté comme une toupie inconsciente dans ce labyrinthe. Il avait toujours les mains gantées. Son pardessus mastic était à lui seul un programme de vie digne et ordonnée. Et son regard inquiet cherchait à se fixer quelque part sans y parvenir.

« Je suis venu annoncer à Roger... balbutia-t-il.

— Oui ! »

Maigret le regardait dans les yeux, calmement, profondément, et il s'attendait presque à voir son interlocuteur se rapetisser d'angoisse.

« Ma femme m'a dit justement qu'il valait mieux que ce soit nous qui...

— Je comprends !

— Roger est très...

— Très impressionnable ! acheva Maigret. Un garçon nerveux ! »

Le jeune homme, qui en était à son troisième verre d'eau, lui jeta un coup d'œil haineux. Il devait avoir vingt-cinq ans, mais ses traits étaient déjà fatigués, ses paupières flétries.

Il restait beau, pourtant, d'une beauté capable de séduire certaines femmes. Sa peau était mate. Et il n'y avait pas jusqu'à son air las, un peu dégoûté, qui ne se teintât de romantisme.

« Dites-moi, Roger Couchet, vous voyiez souvent votre père ?

— Parfois !

— Où ?

Et Maigret le regardait durement.

A son bureau... Ou bien au restaurant...

— Quand l'avez-vous vu pour la dernière fois ?

— Je ne sais pas... Il y a plusieurs semaines...

— Et vous lui avez demandé de l'argent ?

— Comme toujours !

— En somme, vous viviez à ses crochets ?

— Il était assez riche pour...

— Minute ! Où étiez-vous hier vers huit heures du soir ? »

Il n'y eut pas d'hésitation.

« Au Select ! dit-il avec un sourire ironique qui signifiait :

« Si vous croyez que je ne sais pas où vous voulez en venir ! »

« Que faisiez-vous au Select ?

— J'attendais mon père !

— Donc, vous aviez besoin d'argent ! Et vous saviez qu'il viendrait au Select...

— Il y était presque tous les soirs avec sa poule ! D'ailleurs, l'après-midi, je l'avais entendu parler au téléphone... Car on entend tout ce qui se dit à côté...

— Quand vous avez constaté que votre père ne venait pas, vous n'avez pas eu l'idée de vous rendre à son bureau de la place des Vosges ?

— Non ! »

Maigret cueillit sur la cheminée une photographie du jeune homme, qui était entourée de nombreux portraits de femmes. Il la mit en poche en grommelant :

« Vous permettez ?

— Si cela vous fait plaisir !

— Vous ne croyez pas ?... commença M. Martin.

— Je ne crois rien du tout. Cela me fait penser à vous poser quelques questions. Quels étaient les rapports de votre ménage avec Roger ?

— Il ne venait pas souvent.

— Et quand il venait ?

— Il ne restait que quelques minutes...

— Sa mère est au courant de son genre de vie ?

— Que voulez-vous dire ?

— Ne faites pas l'idiot, monsieur Martin ! Votre femme sait-elle que son fils vit à Montmartre sans rien faire ? »

Et le fonctionnaire de regarder par terre, gêné.

« J'ai essayé souvent de le décider à travailler ! » soupira-t-il.

Cette fois, le jeune homme se mit à pianoter sur la table avec impatience.

« Vous remarquerez que je suis toujours en pyjama et que...

— Voudriez-vous me dire si vous avez vu hier soir au Select quelqu'un de votre connaissance ?

— J'ai vu Nine!

— Vous lui avez parlé?

— Pardon! je ne lui ai jamais adressé la parole!

— A quelle place était-elle?

— La seconde table à droite du bar.

— Où avez-vous retrouvé votre gant, monsieur Martin? Si je me souviens bien, vous le cherchiez cette nuit près des poubelles, dans la cour... »

M. Martin émit un petit rire difficile.

« Il était chez moi!... Figurez-vous que j'étais parti avec un seul gant et que je ne m'en étais pas aperçu...

— Lorsque vous avez quitté la place des Vosges, où êtes-vous allé?

— Je me suis promené... Le long des quais... Je... J'avais des maux de tête...

— Vous vous promenez souvent, le soir, sans votre femme?

— Quelquefois! »

Il était au supplice. Et il ne savait toujours pas quoi faire de ses mains gantées.

« Vous allez à votre bureau, maintenant?

— Non! J'ai téléphoné pour demander congé. Je ne puis laisser ma femme dans...

— Eh bien! allez donc la rejoindre... »

Maigret restait là. Le bonhomme cherchait un moyen de prendre décemment congé.

« Au revoir, Roger... dit-il en avalant sa

salive. Je... je crois qu'il vaudrait mieux que tu voies ta mère... »

Mais Roger se contenta de hausser les épaules et de regarder Maigret avec impatience. On entendit décroître dans l'escalier le bruit des pas de M. Martin.

Le jeune homme ne disait rien. Sa main saisit machinalement un flacon d'éther sur la table de nuit et le posa plus loin.

« Vous n'avez aucune déclaration à faire? questionna lentement le commissaire.

— Aucune!

— Parce que, si vous aviez quelque chose à dire, il vaudrait mieux que se soit maintenant que plus tard...

— Je n'aurai rien à vous dire plus tard... Si! Une chose que je vous dis tout de suite : c'est que vous vous fourrez le doigt dans l'œil jusqu'au coude...

— Au fait, puisque vous n'avez pas vu votre père, hier soir, vous devez être sans argent?

— Comme vous dites!

— Où allez-vous en trouver?

— Ne vous inquiétez pas pour moi, je vous prie... Vous permettez?... »

Et il fit couler de l'eau dans la cuvette pour commencer sa toilette.

Maigret, par contenance, fit encore quelque pas dans la chambre puis sortit, entra à côté, où les deux femmes attendaient. C'était Céline, maintenant, la plus agitée. Quant à Nine, assise dans la bergère, elle mordillait lentement un mouchoir en regardant le vide de la fenêtre de ses grands yeux rêveurs.

« Eh bien?... questionna la maîtresse de Roger.

— Rien! Vous pouvez rentrer chez vous...

— C'est bien son père qui?...

Et soudain, très grave, le front plissé :

« Mais alors, il va hériter? »

Et elle s'en alla en réfléchissant.

***

Sur le trottoir, Maigret demanda à sa compagne :

« Où allez-vous? »

Un geste vague, indifférent, puis :

« Je vais au Moulin-Bleu s'ils veulent me reprendre... »

Il l'observait avec un intérêt affectueux.

« Vous aimiez bien Couchet?

— Je vous l'ai dit hier : c'était un chic type... Et on n'en trouve pas beaucoup, je vous jure!... Quand on pense qu'un salaud l'a... »

Il y eut deux larmes, puis plus rien.

« C'est ici », dit-elle en poussant une petite porte qui servait d'entrée des artistes.

Maigret, qui avait soif, pénétra dans un bar pour boire un demi. Il devait aller place des

Vosges. La vue d'un appareil téléphonique lui fit penser qu'il n'était pas encore passé au Quai des Orfèvres et qu'il y avait peut-être du courrier urgent qui l'attendait.

Il appela le garçon de bureau.

« C'est toi, Jean?... Rien pour moi?... Comment?... Une dame qui attend depuis une heure?... En deuil?... Ce n'est pas Mme Couchet?... Hein?... Mme Martin?... J'arrive! »

Mme Martin *en deuil!* Et elle l'attendait depuis une heure dans l'antichambre de la Police judiciaire!

Maigret ne connaissait encore d'elle qu'une ombre chinoise : l'ombre cocasse de la veille, sur le rideau du second étage, quand elle gesticulait et que ses lèvres s'agitaient pour de terribles diatribes.

« Cela arrive souvent! » avait dit la concierge.

Et le pauvre bonhomme de l'Enregistrement, qui avait oublié son gant, était allé se promener tout seul dans l'obscurité des quais...

Et quand Maigret avait quitté la cour, à une heure du matin, il y avait eu du bruit contre une vitre!

Il monta lentement l'escalier poussiéreux de la P.J., serra, en passant, la main de quelques collègues, passa la tête par l'entrebâillement de la porte de l'antichambre.

Dix fauteuils de velours vert. Une table comme un billard. Au mur, le tableau d'honneur : deux cents portraits d'inspecteurs tués en service commandé.

Dans le fauteuil du milieu, une dame en noir, très raide, une main tenant son sac à poignée d'argent, l'autre posée sur le pommeau d'un parapluie.

Des lèvres minces. Un regard ferme braqué droit devant elle.

Elle ne broncha pas en se sentant observée.

Les traits figés, elle attendait.

4

LA FENÊTRE DU SECOND ÉTAGE

ELLE précéda Maigret avec cette dignité agressive de ceux pour qui l'ironie d'autrui est la pire des catastrophes.

« Veuillez vous asseoir, madame! »

C'était un Maigret lourdaud, bon enfant, aux yeux un peu vagues qui la recevait et lui désignait une chaise bien éclairée par le rectangle blême de la fenêtre. Elle s'y installa dans la même pose exactement que celle adoptée auparavant dans l'antichambre.

Une pose digne, évidemment! Une pose de combat aussi! Les omoplates ne touchaient pas le dossier. Et la main gantée de fil noir était prête à gesticuler sans lâcher le réticule qui se balancerait en l'air.

« Je suppose, monsieur le commissaire, que vous vous demandez pourquoi je...

— Non! »

Ce n'était pas méchanceté de la part de Maigret de la désarçonner de la sorte dès la première prise de contact. Ce n'était pas hasard non plus. Il savait que c'était nécessaire.

Il disposait, lui, d'un fauteuil de bureau. Il était renversé en arrière, dans une pose assez vulgaire, et il fumait sa pipe à petites bouffées gourmandes.

Mme Martin avait sursauté, ou plutôt son buste s'était raidi.

« Que voulez-vous dire? J'imagine que vous ne vous attendiez pas à...

— Si! »

Et il lui souriait d'un sourire bonasse. Du coup, les doigts étaient mal à l'aise dans les gants de fil noir. Le regard, très aigu, fit le tour de l'horizon et une inspiration vint à Mme Martin.

« Vous avez reçu une lettre anonyme? »

Elle affirmait en questionnant, avec un faux air d'être certaine de ce qu'elle avançait, ce qui fit sourire plus largement le commissaire car, ça encore, c'était un trait caractéristique qui s'harmonisait avec tout ce qu'il savait déjà de son interlocutrice.

« Je n'ai pas reçu de lettre anonyme... »

Elle secoua la tête, sceptique.

« Vous ne me ferez pas croire... »

Elle sortait toute vivante d'un album de famille. Physiquement, elle s'assortissait aussi bien que possible au fonctionnaire à l'Enregistrement qu'elle avait épousé.

On les imaginait sans peine, le dimanche

après-midi, montant par exemple les Champs-Élysées : le dos noir et nerveux de Mme Martin, son chapeau toujours en travers à cause du chignon, sa démarche précipitée de femme active et ce mouvement du menton soulignant des paroles catégoriques... Et le pardessus mastic de Martin, ses gants de peau, sa canne, sa démarche assurée, paisible, ses tentatives de flânerie et d'arrêt aux étalages...

« Vous aviez des vêtements de deuil chez vous? murmura insidieusement Maigret en exhalant une grosse bouffée de fumée.

— Ma sœur est morte il y a trois ans... Je veux dire ma sœur de Blois... Celle qui a épousé un commissaire de police... vous voyez que...

— Que?... »

Rien! Elle le mettait en garde! Il était temps de lui faire sentir qu'elle n'était pas n'importe qui!

Elle devenait d'ailleurs nerveuse, parce que tout le discours qu'elle avait préparé ne servait de rien, par la faute de cet épais commissaire.

« Quand avez-vous appris la mort de votre premier mari?

— Mais... ce matin, comme tout le monde! C'est la concierge qui m'a dit que vous vous occupiez de cette affaire et, comme ma situation est assez délicate... Vous ne pouvez comprendre.

— Mais si ! A propos, votre fils ne vous a pas rendu visite, hier après-midi ?

— Que voulez-vous insinuer ?

— Rien ! Une simple question.

— La concierge vous dira qu'il y a au moins trois semaines qu'il n'est pas venu me voir... »

Elle parlait sèchement. Son regard était plus agressif. Est-ce que Maigret n'avait pas eu tort de ne pas lui laisser prononcer son discours ?

« Je suis heureux de votre démarche, car elle prouve votre délicatesse et... »

Le seul mot « délicatesse » changea quelque chose dans les yeux gris de la femme, qui inclina la tête en guise de remerciement.

« Il y a des situations très pénibles ! dit-elle. Tout le monde ne le comprend pas. Même mon mari, qui me conseillait de ne pas porter le deuil ! Remarquez que je le porte sans le porter. Pas de voile ! Pas de crêpe ! Simplement des vêtements noirs... »

Il approuva du menton, posa sa pipe sur la table.

« Ce n'est pas parce que nous sommes divorcés et que Roger m'a rendue malheureuse que je dois... »

Elle reprenait de l'assurance. Elle se rapprochait insensiblement du discours préparé.

« Surtout dans une grande maison comme celle-là, où il y a vingt-huit ménages ! Et quels ménages ! Je ne parle pas des gens du premier !

Et encore! Si M. de Saint-Marc est bien élevé, sa femme, elle, ne saluerait pas les gens pour tout l'or du monde... Quand on a reçu une éducation soignée, il est pénible de...

— Vous êtes née à Paris?

— Mon père était confiseur à Meaux...

— A quel âge avez-vous épousé Couchet?

— J'avais vingt ans... Notez que mes parents ne me laissaient pas servir au magasin... A cette époque, Couchet voyageait... Il affirmait qu'il gagnait largement sa vie, qu'il était capable de rendre une femme heureuse... »

Le regard durcissait, s'assurait qu'il n'y avait pas menace d'ironie chez Maigret.

« J'aime mieux ne pas dire combien j'ai souffert avec lui!... Tout l'argent qu'il gagnait, il le perdait dans des spéculations ridicules... Il prétendait devenir riche... Il changeait de place trois fois par an, au point que, quand mon fils est né, nous n'avions pas un centime d'économie et que c'est ma mère qui a dû payer la layette... »

Elle avait enfin posé son parapluie contre le bureau. Maigret pensait qu'elle devait parler avec la même véhémence sèche, la veille au soir, quand il l'avait aperçue en ombre chinoise sur le rideau.

« Quand on n'est pas capable de nourrir une femme, on ne doit pas se marier! Voilà ce que je dis! Et surtout quand on n'a pas plus de fierté! Car c'est à peine si j'oserais vous énumérer tous les métiers que Couchet a faits... Je lui disais de chercher une place sérieuse, avec une pension à la clef... Dans l'administration par exemple!... Du moins, s'il lui arrivait quelque chose, je ne restais pas sans rien... Mais non! Il a été jusqu'à suivre le Tour de France cycliste en qualité de je ne sais quoi... C'est lui qui partait en avant, s'occuper du ravitaillement ou quelque chose dans ce goût-là! Et il revenait sans un sou!... Voilà l'homme! Et voilà la vie que j'avais...

— Où habitiez-vous?

— A Nanterre! Car on ne pouvait même pas se payer un logement en ville... Vous avez connu Couchet?... Il ne s'en faisait pas, lui! Il n'avait pas honte! Il n'était pas inquiet!... Il prétendait qu'il était né pour gagner beaucoup d'argent et qu'il en gagnerait... Après les vélos, c'étaient les chaînes de montre... Non! vous ne devinerez pas!... Des chaînes de montre qu'il vendait dans une loge foraine, monsieur! Et mes sœurs n'osaient plus aller à la foire de Neuilly par crainte de le rencontrer dans cette situation...

— C'est vous qui avez demandé le divorce? »

Elle baissa pudiquement la tête, mais ses traits restaient nerveux.

« M. Martin habitait le même immeuble que nous... Il était plus jeune que maintenant... Il avait une belle place dans l'administration... Couchet me laissait presque toujours seule pour courir l'aventure... Oh! il n'y a rien eu que de très correct!... J'ai dit son fait à mon mari... Le divorce a été demandé de commun accord pour incompatibilité d'humeur... Couchet devait seulement me verser une pension pour le gamin...

« Et nous avons attendu un an, Martin et moi, avant de nous marier... »

Maintenant, elle s'agitait sur sa chaise. Ses doigts tiraillaient la poignée d'argent du réticule.

« Voyez-vous, je n'ai jamais eu de chance. Au début, Couchet ne versait même pas régulièrement la pension! Et, pour une femme délicate, il est pénible de voir le second mari payer les frais d'entretien d'un enfant qui n'est pas de lui... »

Non! Maigret ne dormait pas, malgré ses yeux mi-clos, la pipe éteinte qu'il avait remise entre ses dents.

Cela devenait pénible. Les yeux de la femme se mouillaient. Ses lèvres commençaient à frémir d'une façon inquiétante.

« Il n'y a que moi à savoir que j'ai souffert... J'ai fait étudier Roger... J'ai voulu lui donner une bonne instruction... Il ne ressemblait pas à son père... Il était affectueux, sensible. Quand il a eu dix-sept ans, Martin lui a trouvé une place dans une banque, pour apprendre le métier... Mais c'est alors qu'il a rencontré Couchet, je ne sais où...

— Et il s'est habitué à demander de l'argent à son père?

— Remarquez qu'à moi Couchet avait toujours tout refusé! Pour moi, tout était trop cher! Je taillais mes robes moi-même et je gardais trois ans le même chapeau.

— Et il donnait à Roger tout ce que celui-ci voulait?

— Il l'a pourri!... Roger nous a quittés pour vivre seul... Il vient encore de temps en temps chez moi... Mais il allait aussi voir son père!...

— Il y a longtemps que vous habitez place des Vosges?

— A peu près huit ans... Quand nous avons trouvé l'appartement, nous ne savions même pas que Couchet était dans les sérums... Martin a voulu déménager... Il n'aurait plus manqué que cela!... Si quelqu'un devait partir, n'est-ce pas? c'était bien Couchet... Couchet devenu riche, je ne sais pas comment, que je voyais arriver dans une auto conduite par un chauffeur!... Car il avait un chauffeur... J'ai vu sa femme...

— Chez elle?

— Je l'ai guettée sur le trottoir, pour savoir à quoi elle ressemblait... J'aime mieux ne rien dire... Ce n'est pas grand-chose, en tout cas, malgré les airs qu'elle se donne et malgré son manteau d'astrakan... »

Maigret se passa la main sur le front. Cela tournait à la hantise. Il y avait un quart d'heure qu'il fixait le même visage et il lui semblait à présent qu'il ne pourrait plus l'effacer de sa rétine.

Un visage mince, décoloré, aux traits fins, très mobiles, qui devait n'avoir jamais exprimé qu'une douleur résignée.

Et cela encore lui rappelait certains portraits de famille, voire de sa propre famille. Il avait eu une tante, plus grosse que Mme Martin, mais qui, elle aussi, se lamentait toujours. Lorsqu'elle arrivait chez lui, alors qu'il était enfant, il savait qu'à peine assise elle tirerait un mouchoir de son sac.

« Ma pauvre Hermance!... commençait-elle. Quelle vie! Il faut que je te raconte ce que Pierre a encore fait... »

Et elle avait ce même masque mobile, ces lèvres trop minces, ces yeux où passait parfois comme une lueur d'égarement.

Mme Martin avait perdu tout à coup le fil de ses idées. Elle s'agitait.

« Maintenant, vous devez comprendre ma situation... Évidemment, Couchet s'est remarié. N'empêche que j'ai été sa femme, que j'ai partagé ses débuts, c'est-à-dire les années les plus dures de sa vie... L'autre n'est qu'une poupée...

— Vous avez des prétentions sur l'héritage?

— Moi!... s'écria-t-elle avec indignation. Je ne voudrais de son argent pour rien au monde! Nous ne sommes pas riches! Martin manque d'initiative, ne sait pas se pousser, se laisse couper l'herbe sous le pied par des collègues moins intelligents que lui... Mais devrais-je faire des ménages pour vivre que je ne voudrais pas...

— Vous avez envoyé votre mari avertir Roger? »

Elle ne pâlit pas, parce que c'était impossible. Son teint restait toujours d'un gris uniforme. Mais il y eut du flottement dans son regard.

« Comment savez-vous? »

Et soudain, indignée :

« J'espère qu'on ne nous suit pas, au moins? Dites!... Ce serait le comble!... Et, dans ce cas, je n'hésiterais pas à m'adresser en haut lieu...

— Calmez-vous, madame... Je n'ai rien dit de pareil... C'est le hasard qui m'a fait rencontrer M. Martin ce matin même... »

Mais elle continuait à se méfier, à observer le commissaire sans tendresse.

« Je finirai par regretter d'être venue! On veut être trop correct!... Et, au lieu de vous en savoir gré...

— Je vous assure que je vous sais un gré infini de cette visite... ».

Elle n'en sentait pas moins que quelque chose n'allait pas. Ce gros homme aux épaules larges, au cou engoncé, qui la regardait avec des yeux naïfs, comme vides de pensées, l'effrayait.

« En tout cas, articula-t-elle d'une voix aiguë, il vaut mieux que ce soit moi qui parle que la concierge... Or, vous auriez fini par apprendre...

— Que vous êtes la première Mme Couchet...

— Vous avez vu l'autre? »

Maigret eut quelque peine à ne pas sourire.

« Pas encore...

— Oh! elle versera des larmes de crocodile... N'empêche qu'elle est tranquille, maintenant... avec les millions que Couchet a gagnés... »

Et voilà qu'elle pleurait, tout à coup, que sa lèvre inférieure se soulevait, ce qui transformait son visage, lui enlevait ce qu'il avait de trop aiguisé.

« Elle ne l'a même pas connu quand il luttait, quand il avait besoin d'une femme pour l'encourager... »

De temps en temps, un sanglot sourd, à peine perceptible, éclatait dans la gorge maigre que serrait un ruban de soie moirée.

Elle se levait. Elle regardait autour d'elle pour s'assurer qu'elle n'avait rien oublié. Elle reniflait.

« Mais tout cela ne compte pas... »

Un sourire amer, sous les larmes.

« En tout cas, j'ai fait mon devoir... Je ne sais pas ce que vous pensez de moi mais...

— Je vous assure que... »

Il eût été bien embarrassé de continuer si elle n'avait achevé d'elle-même :

« Cela m'est égal! J'ai ma conscience pour moi! Tout le monde ne peut pas en dire autant... »

Il lui manquait quelque chose. Elle ne savait pas quoi. Elle jeta encore un coup d'œil circulaire, remua une main, comme étonnée de la trouver vide...

Maigret, debout, la reconduisit à la porte.

« Je vous remercie de votre démarche...

— J'ai fait ce que j'ai cru devoir faire... »

Elle était dans le couloir, où des inspecteurs bavardaient en riant. Elle passa auprès du groupe, très digne, sans détourner la tête.

Et Maigret, la porte refermée, marcha vers la fenêtre que, malgré le froid, il ouvrit toute grande. Il était las, comme après un dur interrogatoire de quelque criminel. Il y avait surtout en lui ce malaise imprécis que l'on ressent quand on est obligé de regarder de la vie des aspects que d'habitude on préfère ignorer.

Ce n'était pas dramatique. Ce n'était pas révoltant. Elle n'avait rien dit d'extraordinaire. Elle n'avait ouvert au commissaire aucun horizon nouveau.

N'empêche qu'il se dégageait de cette entrevue comme une sensation d'écœurement.

Sur un coin du bureau, le bulletin de la police était ouvert, montrant les photographies d'une vingtaine d'individus recherchés. Des faces de brutes pour la plupart. Des têtes qui portaient des stigmates de dégénérescence.

« *Ernst Strowitz, condamné par contumace par le parquet de Caen pour meurtre d'une fermière sur la route de Benouville...* »

Et la mention, en rouge : « *Dangereux. Est toujours armé.* »

Un type qui vendrait chèrement sa peau. Eh bien ! Maigret eût préféré cela à toute cette grisaille sirupeuse, à ces histoires de famille, à ce crime encore inexplicable mais qu'il devinait hallucinant.

Des images le poursuivaient : les Martin, tels qu'il se les figurait, le dimanche, aux Champs-Élysées. Le pardessus mastic et le ruban de soie noire au cou de la femme.

Il sonna. Jean parut et Maigret l'envoya chercher les fiches qu'il avait demandées sur tous ceux qui étaient mêlés au drame.

Il n'y avait pas grand-chose. Nine avait été prise une fois, une seule, à Montmartre, dans une rafle, et elle avait été relaxée après avoir prouvé qu'elle ne vivait pas de la prostitution.

Quant au fils Couchet, il était tenu à l'œil par la brigade des jeux et par la « Mondaine » qui le soupçonnait de se livrer au trafic des stupéfiants. Mais on n'avait jamais rien relevé de précis contre lui.

Un coup de téléphone aux « Mœurs ». Céline, elle, dont le nom de famille était Loiseau et qui était née à Saint-Amand-Montrond, y était bien connue. Elle avait sa carte. Elle venait assez régulièrement à la visite.

« Ce n'est pas une méchante fille! dit le brigadier. Le plus souvent, elle se contente d'un ou deux amis réguliers... Ce n'est que quand elle retombe à la rue que nous la retrouvons... »

Jean, le garçon de bureau, n'avait pas quitté la pièce et il désigna quelque chose à Maigret.

« Cette dame a oublié son parapluie!

— Je sais...

— Ah!

— Oui, j'en ai besoin. »

Et le commissaire se leva en soupirant, alla fermer la fenêtre, se campa le dos au feu dans la pose qui lui était familière quand il avait besoin de réfléchir.

***

Une heure plus tard, il pouvait résumer mentalement les notes qui lui étaient parvenues des divers services et qui s'étalaient sur son bureau.

D'abord la confirmation donnée par l'autopsie à la thèse du médecin légiste : le coup de feu avait été tiré à trois mètres environ et la mort avait éte foudroyante. L'estomac du mort contenait une faible quantité d'alcool, mais pas d'aliments.

Les photographes de l'Identité judiciaire, qui travaillaient dans les combles du Palais de Justice, déclaraient qu'aucune empreinte digitale intéressante n'avait pu être relevée.

Enfin, le Crédit lyonnais affirmait que Couchet, qui y était bien connu, était passé vers trois heures et demie au siège social et avait emporté trois cent mille francs en billets neufs, comme c'était son habitude la veille de chaque fin de mois.

Il était donc à peu près établi qu'en arrivant place des Vosges Couchet avait placé les trois cent mille francs dans le coffre, près des soixante mille qui s'y trouvaient déjà.

Comme il avait encore à travailler, il n'avait pas refermé le meuble, auquel il était adossé.

La lumière dans le laboratoire indiquait qu'à un certain moment il avait quitté le bureau, soit pour inspecter les autres locaux, soit, ce qui était plus probable, pour se rendre aux lavabos.

L'argent était-il encore dans le coffre quand il avait repris sa place?

Vraisemblablement non, car, dans ce cas, l'assassin eût été obligé de pousser le corps de côté pour tirer la lourde porte et s'emparer des billets.

C'était le côté technique de l'affaire. Un *assassin-voleur* ou bien un *assassin* et un *voleur* agissant séparément ?

Maigret passa dix minutes chez le juge d'instruction pour lui communiquer les résultats acquis. Puis, comme il était un peu plus de midi, il rentra chez lui, les épaules rondes, ce qui était signe de mauvaise humeur.

« C'est toi qui t'occupes de l'affaire de la place des Vosges ? questionna sa femme qui avait lu le journal.

— C'est moi ! »

Et Maigret eut une façon toute particulière de s'asseoir, de regarder Mme Maigret, à la fois avec une tendresse accrue et avec un rien d'inquiétude.

Il voyait toujours le visage mince, les vêtements noirs, les yeux douloureux de Mme Martin. Et ces larmes qui jaillissaient soudain, disparaissaient, comme brûlées par un feu intérieur, pour renaître un peu plus tard !...

Mme Couchet qui avait des fourrures... Mme Martin qui n'en avait pas... Couchet qui ravitaillait les concurrents du Tour de France cycliste et sa première femme qui devait garder trois ans le même chapeau...

Et le fils... Et le flacon d'éther, sur la table de nuit de l'hôtel Pigalle...

Et Céline qui ne descendait à la rue que quand elle n'avait plus, pour un temps, d'ami régulier...

Et Nine...

« Tu n'as pas l'air satisfait... Tu as mauvaise mine... On dirait que tu couves un rhume. »

C'était vrai! Maigret se sentait des picotements dans les narines et comme un vide sous le crâne.

« Qu'est-ce que c'est, ce parapluie que tu as apporté? Il est affreux!... »

Le parapluie de Mme Martin! Le couple Martin, pardessus mastic et robe de soie noire, déambulant le dimanche aux Champs-Élysées!...

« Ce n'est rien.. Je ne sais pas à quelle heure je rentrerai! »

***

Ce sont des impressions qu'on n'explique pas : on sentait qu'il y avait quelque chose d'anormal dans la maison, quelque chose qui se manifestait dès la façade.

L'agitation, dans la boutique de couronnes mortuaires en perles? Évidemment, les locataires avaient dû se cotiser pour offrir une couronne.

Sickening for a cold

club together

Les regards inquiets du coiffeur pour dames, dont le salon s'ouvrait de l'autre côté de la voûte?

En tout cas, la maison, ce jour-là, avait un air malsain. Et, comme il était quatre heures et que la nuit commençait à tomber, la ridicule petite lampe était déjà allumée sous la voûte.

En face, le gardien du square fermait les grilles. Le valet de chambre des Saint-Marc, au premier étage, tirait les rideaux, lentement, consciencieusement.

Quand Maigret frappa à la porte de la loge, il trouva Mme Bourcier, la concierge, en train de raconter les événements à un encaisseur de chez Dufayel qui portait, sur sa livrée bleue, un petit encrier en sautoir.

« Une maison où il ne s'est jamais rien passé... Chut!... C'est le commissaire... »

Elle avait un vague air de parenté avec Mme Martin, en ce sens que toutes deux étaient des femmes sans âge, comme sans sexe. Et toutes deux avaient été malheureuses ou s'étaient considérées comme telles.

Seulement, chez la concierge, il y avait en plus de la résignation, une résignation quasi animale à son sort.

« Jojo... Lili... Ne restez pas dans le chemin... Bonjour, monsieur le commissaire... Je vous attendais ce matin... Quelle histoire!... J'ai cru bien faire en passant chez tous les locataires une liste de souscription pour une couronne... Est-ce qu'on sait quand a lieu l'enterrement?... A propos... Mme de Saint-Marc... Vous savez!... Je vous demande de ne rien lui dire... M. de Saint-Marc est venu ce matin... Il craint les émotions, dans l'état où elle est... »

Dans la cour remplie d'un air bleuté, les deux lampes, celle de la voûte et celle qui était scellée au mur, plantaient de longs traits jaunes.

« L'appartement de Mme Martin? questionna Maigret.

— Au second, troisième porte à gauche après le tournant... »

Le commissaire reconnaissait la fenêtre où il y avait de la lumière mais où aucune ombre ne se dessinait sur le rideau.

Du côté des laboratoires, on entendait des cliquetis de machines à écrire. Un livreur arrivait :

« Les sérums du docteur Rivière?

— Au fond de la cour! Porte à droite! Veux-tu laisser ta sœur tranquille, Jojo! »

Maigret s'engageait dans l'escalier, le parapluie de Mme Martin sous le bras. Jusqu'au premier étage, la maison avait été remise à neuf, les murs repeints et les marches vernies.

A partir du second, c'était un autre monde, des murs sales, un plancher râpeux. Les portes des logements étaient peintes en un vilain brun. Et, sur ces portes, on voyait, soit des cartes de visite épinglées, soit des petites plaques en aluminium repoussé.

Une carte de visite, à trois francs le cent : « *Monsieur et Madame Edgar Martin.* » A droite, un cordon de tresse tricolore terminé par une floche molle. Quand Maigret tira, une grêle sonnette tinta dans le vide du logement. Puis il y eut des pas rapides. Une voix demanda :

« Qui est là ?

— Je vous rapporte votre parapluie ! »

La porte s'ouvrit. L'entrée se réduisait à un carré d'un mètre de côté où pendait, à un portemanteau, le pardessus mastic. En face, la porte ouverte d'une pièce, mi-salon, mi-salle à manger, avec un appareil de T.S.F. sur un bahut.

« Je m'excuse de vous déranger. Ce matin, vous avez oublié ce parapluie dans mon bureau...

— Vous voyez ! Moi qui croyais l'avoir laissé dans l'autobus. Je disais à Martin... »

Maigret ne sourit pas. Il avait l'habitude de ces femmes qui ont la manie d'appeler leur mari par leur nom de famille.

Martin était là, avec son pantalon rayé sur lequel il avait passé un veston d'intérieur en gros drap chocolat.

« Entrez, je vous en prie...

— Je ne voudrais pas vous déranger.

— On ne dérange jamais les gens qui n'ont rien à cacher! »

Sans doute la caractéristique primordiale d'un logement est-elle l'odeur. Ici, elle était sourde, à base d'encaustique, de cuisine et de vieux vêtements.

Un canari sautillait dans une cage et lançait parfois dehors une gouttelette d'eau.

« Donne donc le fauteuil à M. le Commissaire... »

Le fauteuil! Il n'y en avait qu'un, un fauteuil Voltaire recouvert de cuir si sombre qu'il paraissait noir.

Et Mme Martin, très différente de ce qu'elle était le matin, minaudait :

« Vous prendrez bien quelque chose... Mais si!... Martin! Apporte un apéritif... »

Martin était ennuyé. Peut-être n'y en avait-il pas dans la maison? Peut-être ne restait-il qu'un fond de bouteille?

« Merci, madame! Je ne bois jamais avant les repas.

— Mais vous avez le temps... »

C'était triste! Triste à vous décourager d'être un homme, de vivre sur une terre où pourtant le soleil brille plusieurs heures par jour et où il y a de vrais oiseaux en liberté!

Ces gens-là ne devaient pas aimer la lumière, car les trois ampoules électriques étaient soigneusement voilées par d'épaisses toiles coloriées qui ne laissaient passer que le strict minimum de rayons.

« Surtout l'encaustique! » pensa Maigret.

Car c'était ce qui dominait dans *l'odeur!* D'ailleurs, la table de chêne massif était polie comme une patinoire.

M. Martin avait affiché un sourire d'homme qui reçoit.

« Vous devez avoir une vue merveilleuse sur cette place des Vosges qui est unique à Paris! dit Maigret qui savait parfaitement que les fenêtres donnaient sur la cour.

— Non! Les appartements en façade, au second, sont trop bas de plafond, à cause du style de l'immeuble... Vous savez que la place tout entière est classée comme monument historique... On n'a pas le droit d'y toucher... Et c'est lamentable!... Voilà des années que nous voudrions installer une salle de bains et... »

Maigret s'était approché de la fenêtre. D'un geste négligent, il écartait le store aux ombres chinoises. Et il restait immobile, impressionné au point qu'il en oubliait de parler comme un visiteur bien élevé.

En face de lui, c'étaient les bureaux et le laboratoire de la maison Couchet.

D'en bas, il avait remarqué qu'il y avait des vitres en verre dépoli.

D'ici, il s'apercevait que ce n'étaient que les vitres inférieures. Les autres étaient claires, limpides, lavées deux ou trois fois la semaine par les femmes de ménage.

On voyait nettement, à la place même où avait été tué Couchet, M. Philippe qui signait les lettres dactylographiées que sa secrétaire lui passait une à une. On distinguait la serrure du coffre.

Et la porte de communication avec le laboratoire était entrouverte. Par les fenêtres de celui-ci apparaissaient des femmes en blouse blanche, en rang le long d'une énorme table, et qui travaillaient à empaqueter des tubes de verre.

Chacune avait sa tâche. La première prenait les tubes nus dans un panier et la neuvième livrait à un employé des paquets parfaits, avec une notice, un cartonnage soigné, bref, une marchandise prête à être livrée aux pharmaciens.

« Sers quand même quelque chose à boire! » disait derrière Maigret la voix de Mme Martin.

Et son mari s'agitait, ouvrait un placard, entrechoquait des verres.

« Rien qu'un doigt de vermouth, M. le Commissaire!... Mme Couchet, elle, pourrait sans doute vous offrir des cocktails... »

Et Mme Martin avait un sourire pointu, comme si ses lèvres eussent été des dards.

5

LA FOLLE

SON verre à la main, Maigret disait en observant Mme Martin :

« Ah! si vous aviez regardé par la fenêtre, hier au soir! Du coup, mon enquête serait finie! Car il est impossible, d'ici, de ne pas voir tout ce qui se passe dans le bureau de Couchet. »

C'est en vain qu'on eût cherché une intention dans sa voix, ou dans son attitude. Il sirotait son vermouth tout en bavardant.

« Je dirais même que cette affaire aurait constitué un des cas les plus curieux de témoignage en matière criminelle. Quelqu'un ayant assisté de loin au meurtre! Que dis-je? Avec des jumelles, on verrait si nettement les lèvres des interlocuteurs qu'on pourrait reconstituer leur entretien... »

Mme Martin ne savait que penser, se tenait sur la réserve, un vague sourire figé à ses lèvres pâles.

« Mais aussi quelle émotion pour vous! Être

à votre fenêtre, bien tranquille, et voir soudain quelqu'un menacer votre ancien mari! Pis encore! Car la scène a dû être plus complexe. J'imagine Couchet tout seul, plongé dans ses comptes... Il se lève et se dirige vers les lavabos. Quand il revient, quelqu'un a fouillé le coffre-fort, n'a pas le temps de fuir... Il y a néanmoins un détail curieux, dans ce cas : c'est que Couchet se soit rassis... Il est vrai qu'il connaissait peut-être son voleur?... Il lui parle... Il lui adresse des reproches, lui demande de rendre l'argent...

— Seulement, il aurait fallu que je sois à la fenêtre! articula Mme Martin.

— Peut-être d'autres fenêtres du même étage réservent-elles le même coup d'œil?... Qui habite à votre droite?

— Deux jeunes filles et leur mère... Celles qui font du phono tous les soirs... »

A cet instant retentit un cri que Maigret avait déjà entendu. Il resta silencieux une seconde, murmura :

« La folle, n'est-ce pas?

— Chut... » fit Mme Martin en marchant à pas feutrés vers la porte.

Elle ouvrit celle-ci brusquement. Dans le corridor mal éclairé, on aperçut une silhouette de femme qui s'éloignait en hâte.

« Vieille chipie!... grommelait Mme Martin assez haut pour être entendue de l'autre.

Revenant sur ses pas, furieuse, elle expliqua au commissaire :

« C'est la vieille Mathilde! Une ancienne cuisinière! Vous l'avez vue? On dirait un gros crapaud! Elle habite la chambre voisine, avec sa sœur qui est folle. Elles sont aussi vieilles et aussi laides l'une que l'autre! La folle n'a pas quitté une seule fois sa chambre depuis que nous avons cet appartement.

— Pourquoi crie-t-elle ainsi?

— Justement! Ça lui prend quand on la laisse seule dans l'obscurité. Elle a peur comme un enfant. Elle hurle... J'ai fini par comprendre le manège... Du matin au soir, la vieille Mathilde rôde dans les couloirs... On est toujours sûr de la trouver derrière une porte, et, quand on la surprend, c'est à peine si elle est gênée... Elle s'éloigne, avec sa vilaine tête placide!... C'est au point qu'on n'est plus chez soi, qu'on doit baisser la voix si on veut parler d'affaires de famille... Je viens de la prendre sur le fait, n'est-ce pas? Eh bien! je parie qu'elle est déjà revenue...

— Ce n'est pas très agréable! convint Maigret. Mais le propriétaire n'intervient-il pas?

— Il a tout fait pour les mettre à la porte... Malheureusement il y a des lois... Sans compter que ce n'est ni sain ni appétissant, ces deux vieilles dans une petite chambre!... Je parie qu'elles ne se lavent jamais... »

Le commissaire avait saisi son chapeau.

« Vous m'excuserez de vous avoir dérangés. Il est temps que je parte... »

Désormais, il avait dans la tête une image précise du logement, depuis les napperons des meubles jusqu'aux calendriers ornant les murs.

« Ne faites pas de bruit !... Vous allez surprendre la vieille... »

Ce n'était pas tout à fait exact. Elle n'était pas dans le corridor, mais derrière sa porte entrouverte, comme une grosse araignée en embuscade. Elle dut être déroutée en voyant le commissaire lui adresser au passage un aimable salut.

***

A l'heure de l'apéritif, Maigret était assis au Select, non loin du bar américain où l'on ne parlait que des courses. Quand le garçon s'approcha de lui, il exhiba la photographie de Roger Couchet, qu'il avait prise le matin rue Pigalle.

« Vous connaissez ce jeune homme ? »

Le garçon s'étonna.

« C'est curieux...

— Qu'est-ce qui est curieux ?

— Il y a moins d'un quart d'heure qu'il est parti... Il était à cette table, tenez ! Je ne l'aurais pas remarqué si, au lieu de me dire quelle consommation il voulait, il n'avait prononcé :

« — *La même chose qu'hier !* »

« Or, je ne me souvenais pas du tout de l'avoir vu... Je lui ai dit :

« — Voulez-vous me rappeler ce que c'était ?

« — *Un gin-Fizz, voyons !* »

« Et c'est ce qui m'a le plus amusé ! Parce que je suis sûr de n'avoir pas servi de gin-Fizz dans la soirée d'hier !

« Il est resté quelques minutes, puis il est parti... C'est drôle que vous veniez justement me montrer sa photographie. »

Ce n'était pas drôle du tout. Roger avait tenu à établir qu'il était la veille au Select, comme il l'avait déclaré à Maigret. Il avait employé un truc assez adroit et n'avait eu que le tort de choisir une consommation peu courante.

Quelques minutes plus tard, Nine entrait, l'œil morne, s'asseyait à la table la plus proche du bar, puis, apercevant le commissaire, se levait, hésitait, s'avançait vers lui.

« Vous désirez me parler ? questionna-t-elle.

— Pas particulièrement. Si, pourtant ! Je voudrais vous poser une question. Vous venez ici à peu près tous les soirs, n'est-ce pas ?

— C'est toujours ici que Raymond me donnait rendez-vous !

— Avez-vous une place fixe ?

— Là-bas, où je me suis installée en entrant...

— Vous y étiez hier ?

— Oui, pourquoi?

— Et vous ne vous souvenez pas d'avoir vu l'original de ce portrait? »

Elle regarda la photographie de Roger, murmura :

« Mais c'est mon voisin de chambre!

— Oui! C'est le fils de Couchet... »

Elle écarquilla les yeux, troublée par cette coïncidence, se demandant ce que celle-ci cachait.

« Il est venu chez moi un peu après votre départ, ce matin... Je rentrais du Moulin-Bleu...

— Qu'est-ce qu'il voulait?

— Il m'a demandé si je n'avais pas un cachet d'aspirine, pour Céline qui était malade...

— Et au théâtre? On vous a engagée?

— Je dois y aller ce soir... Une danseuse est blessée... Si elle ne va pas mieux, je la remplacerai et peut-être qu'on m'engagera définitivement... »

Elle baissa la voix pour continuer :

« J'ai les cent francs... Donnez-moi votre main... »

Et ce geste était révélateur de toute une psychologie. Elle ne voulait pas tendre les cent francs à Maigret en public! Elle craignait de le gêner! Alors, elle tenait dans la paume de la main le billet plié tout menu! Elle le lui passait comme à un gigolo!

« Je vous remercie! Vous avez été bon... »

On la sentait découragée. Elle regardait autour d'elle sans prendre le moindre intérêt au spectacle des gens qui allaient et venaient. Elle esquissa pourtant un pâle sourire, remarqua :

« Le maître d'hôtel nous regarde... Il se demande pourquoi je suis avec vous... Il doit croire que j'ai déjà remplacé Raymond... Vous allez vous compromettre!

— Vous buvez quelque chose?

— Merci! dit-elle discrètement. Si vous aviez par hasard besoin de moi... Au Moulin-Bleu, mon nom est Élyane... Vous connaissez l'entrée des artistes, rue Fontaine?... »

***

Ce ne fut pas trop pénible. Maigret sonna à la porte de l'appartement du boulevard Haussmann, quelques minutes avant l'heure du dîner. Dès l'entrée, il régnait une lourde odeur de chrysanthèmes. La domestique qui vint ouvrir marchait sur la pointe des pieds.

Elle crut que le commissaire voulait simplement déposer sa carte et elle le conduisit sans mot dire jusqu'à la chambre mortuaire, toute tendue de noir. A l'entrée, il y avait de nombreuses cartes de visite sur un plateau Louis XVI.

Le corps était déjà dans le cercueil, qui disparaissait sous les fleurs.

Dans un coin, un grand jeune homme en

deuil, très distingué, adressa un léger signe de tête à Maigret.

En face de lui, une femme d'une cinquantaine d'années, aux traits vulgaires, aux vêtements de paysanne endimanchée, était agenouillée.

Le commissaire s'approcha du jeune homme.

« Pourrais-je voir Mme Couchet ?

— Je vais demander à ma sœur si elle peut vous recevoir... C'est monsieur ?...

— Maigret ! Le commissaire chargé de l'enquête... »

La paysanne resta à sa place. Quelques instants plus tard, le jeune homme revint et pilota son hôte à travers l'appartement.

A part l'odeur de fleurs qui régnait partout, les pièces gardaient leur physionomie habituelle. C'était un bel appartement de la fin du siècle dernier, comme la plupart des appartements du boulevard Haussmann. De grandes chambres. Les plafonds et les portes un peu trop ornés.

Et des meubles de style. Dans le salon, un monumental lustre de cristal tintait dès qu'on marchait.

Mme Couchet était là, entourée de trois personnes qu'elle présenta. D'abord le jeune homme en deuil :

« Mon frère, Henry Dormoy, avocat à la Cour... »

Puis un monsieur d'un certain âge :

« Le colonel Dormoy, mon oncle... »

Une dame enfin, aux beaux cheveux d'argent :

« Ma mère... »

Et tous, en vêtements de deuil, étaient fort distingués. Sur la table, le thé n'avait pas encore été desservi et il restait des toasts et des gâteaux.

« Si vous voulez vous asseoir...

— Une question, si vous le permettez. Cette dame qui est dans la chambre mortuaire...

— La sœur de mon mari... dit Mme Couchet. Elle est arrivée ce matin de Saint-Amand... »

Maigret ne sourit pas. Mais il comprenait. Il sentait très bien qu'on ne désirait pas outre mesure voir arriver la famille Couchet, en habits de paysans ou de petits-bourgeois.

Il y avait les parents côté mari et les parents côté Dormoy.

Côté Dormoy, c'était élégant, discret. Déjà tout le monde était habillé de noir.

Côté Couchet, il n'y avait encore que cette commère dont la soie du corsage était trop tendue sous les bras.

« Pourrais-je vous dire quelques mots en particulier, madame? »

Elle s'excusa auprès de sa famille, qui voulut quitter le salon.

« Restez, je vous en prie... Nous irons dans le boudoir jaune... »

Elle avait pleuré, c'était incontestable. Puis elle s'était poudrée et on devinait à peine que les paupières étaient un peu meurtries. Sa voix était feutrée par une véritable lassitude.

« Vous n'avez pas reçu aujourd'hui de visite inattendue ? »

Elle leva la tête, contrariée.

« Comment le savez-vous ?... Oui, au début de l'après-midi, mon beau-fils est venu...

— Vous le connaissiez déjà ?

— Très peu... Il voyait mon mari à son bureau... Une fois pourtant, au théâtre, nous l'avons rencontré et Raymond nous a présentés...

— Quel était l'objet de sa visite ? »

Gênée, elle détourna la tête.

« Il voulait savoir si on avait trouvé un testament... Il m'a demandé aussi qui était mon homme d'affaires afin de s'adresser à lui pour les formalités... »

Elle soupira, essaya d'excuser toutes ces mesquineries.

« C'est son droit. Je pense que la moitié de la fortune lui revient et je n'ai pas l'intention de l'en frustrer...

— Me permettez-vous quelques questions indiscrètes ?... Quand vous avez épousé Couchet, était-il déjà riche ?

— Oui... Moins qu'aujourd'hui, mais ses affaires commençaient à prendre de l'essor...

— Mariage d'amour? »

Un sourire voilé.

« Si vous voulez... Nous nous sommes rencontrés à Dinard... Après trois semaines, il m'a demandé si j'acceptais de devenir sa femme... Mes parents se sont renseignés...

— Vous avez été heureuse? »

Il la regardait dans les yeux et il n'eut pas besoin de réponse. Il préféra murmurer lui-même :

« Il existait une certaine différence d'âge... Couchet avait ses affaires... En somme, il n'y avait pas entre vous une grande intimité... Est-ce bien cela?... Vous teniez sa maison... vous aviez votre vie et il avait la sienne...

— Je ne lui ai jamais fait de reproche! dit-elle. C'était un homme d'une grande vitalité, qui avait besoin d'une existence mouvementée... Je n'ai pas voulu le retenir...

— Vous n'étiez pas jalouse?

— Au début... Puis je me suis habituée... Je crois qu'il m'aimait bien... »

Elle était assez jolie, mais sans éclat, sans nerf. Des traits un peu flous. Un corps douillet. Une sobre élégance. Elle devait offrir avec grâce le thé à ses amies, dans le salon tiède et confortable.

« Votre mari vous parlait-il souvent de sa première femme? »

Alors ses prunelles se durcirent. Elle essaya de cacher sa colère, mais elle comprit que Maigret n'était pas dupe.

« Ce n'est pas à moi de... commença-t-elle.

— Je vous demande pardon. Étant donné les circonstances de la mort, il ne peut être question de délicatesse...

— Vous ne soupçonnez pas?...

— Je ne soupçonne personne. J'essaie de reconstituer la vie de votre mari, son entourage, ses faits et gestes pendant la dernière soirée. Saviez-vous que cette femme habite l'immeuble même où Couchet avait ses bureaux?

— Oui! Il me l'a dit...

— En quels termes parlait-il d'elle?

— Il lui en voulait... Puis il avait honte de ce sentiment et il prétendait qu'au fond c'était une malheureuse...

— Pourquoi malheureuse?

— Parce que rien ne pouvait la satisfaire... Et puis...

— Et puis?...

— Vous devinez ce que je veux dire... Elle est très intéressée... En somme, elle a quitté Raymond parce qu'il ne gagnait pas assez d'argent... Alors, de le retrouver riche... Et d'être, elle, la femme d'un petit fonctionnaire!...

— Elle n'a pas essayé de...

— Non! Je ne crois pas qu'elle lui ait jamais demandé d'argent. Il est vrai que mon mari ne me l'aurait pas dit. Tout ce que je sais c'est que c'était pour lui un supplice de la rencontrer place des Vosges. Je pense qu'elle s'arrangeait pour être sur son chemin. Elle ne lui parlait pas, mais elle le regardait d'un air méprisant... »

Le commissaire ne put s'empêcher de sourire en évoquant ces rencontres, sous la voûte : Couchet qui descendait de voiture, frais et rose, et Mme Martin, guindée, avec ses gants noirs, son parapluie et son réticule, son visage venimeux...

« C'est tout ce que vous savez?

— Il aurait voulu changer de locaux, mais il est difficile de trouver, dans Paris, des laboratoires...

— Bien entendu, vous ne connaissez aucun ennemi à votre mari?

— Aucun! Tout le monde l'aimait! Il était trop bon, bon à en devenir ridicule... Ce n'était pas dépenser l'argent qu'il faisait : c'était le jeter... Et, quand on lui en faisait le reproche, il répondait qu'il avait assez compté sou par sou pendant des années pour se montrer enfin prodigue...

— Il voyait beaucoup votre famille?

— Peu!... Ce n'était pas la même mentalité, n'est-ce pas? Ni les mêmes goûts... »

Maigret évoquait mal, en effet, Couchet dans le salon avec le jeune avocat, le colonel et la maman aux gestes dignes.

Tout cela était compréhensible.

Un garçon sanguin, puissant, vulgaire, parti de rien, qui avait passé trente ans de sa vie à courir après la fortune en mangeant de la vache enragée...

Il devenait riche. A Dinard, il accédait enfin à un monde où il n'avait jamais été admis. Une vraie jeune fille... Une famille bourgeoise... Thé et petits fours, tennis et parties de campagne...

Il épousait! Pour se prouver à lui-même que désormais tout lui était permis! Pour avoir un intérieur comme ceux qu'il n'avait jamais vus que du dehors!

Il épousait parce qu'il était impressionné aussi par cette jeune fille sage et bien élevée...

Et c'était l'appartement du boulevard Haussmann, avec les choses les plus traditionnelles...

Seulement, il avait besoin d'aller se remuer ailleurs, de voir d'autres gens, de leur parler sans s'observer... Les brasseries, les bars...

Puis d'autres femmes!

Il aimait bien la sienne! Il l'admirait! Il la respectait! Elle l'impressionnait!

Mais justement parce qu'elle l'impressionnait il lui fallait des gamines mal élevées comme Nine pour se détendre.

Mme Couchet avait une question sur les

lèvres. Elle hésitait à la poser. Elle s'y résolut pourtant, en regardant ailleurs.

« Je voudrais vous demander si... C'est délicat... Excusez-moi... Il avait des amies, je le sais... Il ne s'en cachait — et à peine! — que par discrétion... J'ai besoin de savoir si, de ce côté, il n'y aura pas d'ennuis, de scandale... »

Elle imaginait évidemment les maîtresses de son mari comme des grues de roman, ou encore comme des *vamps* de cinéma!

« Vous n'avez rien à craindre! » sourit Maigret qui évoquait la petite Nine, avec son visage chiffonné et la poignée de bijoux qu'elle avait portés l'après-midi même au Crédit municipal.

« Il ne sera pas nécessaire de?...

— Non! Aucune indemnité! »

Elle en était tout étonnée. Peut-être un peu dépitée, car enfin, si ces femmes ne réclamaient rien, c'est qu'elles avaient une certaine affection pour son mari! et lui pour elles...

« Vous avez fixé la date des obsèques?

— Mon frère s'en est occupé... Elles auront lieu jeudi, à Saint-Philippe-du-Roule... »

On entendait des bruits de vaisselle dans la salle à manger voisine. Sans doute dressait-on la table pour le dîner?

« Il ne me reste qu'à vous remercier et à prendre congé, en m'excusant encore... »

Et, comme il descendait à pied le boulevard

Haussmann, il se surprit à grommeler en bourrant sa pipe :

« Sacré Couchet ! »

Cela lui était venu aux lèvres comme si ce Couchet eût été un vieux camarade. Et il avait à tel point cette impression que l'idée qu'il ne l'avait jamais vu que mort le stupéfiait.

Il lui semblait qu'il le connaissait littéralement sur toutes les coutures.

Peut-être à cause des trois femmes ?

La première, d'abord, la fille du confiseur, dans le logement de Nanterre, que désespérait l'idée que son mari n'aurait jamais un métier sérieux.

Puis la jeune fille de Dinard et les petites satisfactions d'amour-propre d'un Couchet devenu le neveu d'un colonel...

Nine... Les rendez-vous au Select... L'hôtel Pigalle...

Et le fils qui venait le taper ! Et Mme Martin qui s'arrangeait pour le croiser sous la voûte, espérant peut-être le harceler de remords.

Drôle de fin ! Tout seul, dans le bureau où il venait le moins souvent possible ! Adossé au coffre-fort entrouvert, les mains sur la table...

On ne s'était aperçu de rien... La concierge, en passant dans la cour, le voyait toujours à la même place derrière la vitre dépolie... Mais elle s'inquiétait surtout de Mme de Saint-Marc qui accouchait !

La folle avait crié, là-haut! Autrement dit, la vieille Mathilde, sur ses semelles de feutre, était embusquée derrière une porte du couloir... M. Martin, en pardessus mastic, descendait et cherchait son gant auprès des poubelles...

Une chose était certaine : quelqu'un, maintenant, possédait les trois cent soixante mille francs volés!

Et quelqu'un avait tué!

« Tous les hommes sont des égoïstes!... » disait amèrement Mme Martin au visage douloureux.

Était-ce elle qui avait les trois cent soixante billets tout neufs délivrés par le Crédit lyonnais? Elle qui tenait enfin de l'argent, beaucoup d'argent, toute une liasse de grands billets représentant des années confortables sans souci du lendemain ni de la pension qui lui reviendrait à la mort de Martin?

Était-ce Roger, avec son corps mou, vidé par l'éther, et cette Céline qu'il avait ramassée pour l'abrutir avec lui dans la moiteur d'un lit d'hôtel?

Était-ce Nine, ou Mme Couchet?...

Il y avait en tout cas un endroit d'où on pouvait avoir tout vu : le logement des Martin.

Et il y avait une femme qui rôdait dans la maison, collant son oreille à toutes les portes, traînant ses savates dans les couloirs.

« Il faudra que j'aille rendre visite à la vieille Mathilde », se dit Maigret.

Mais quand, le lendemain matin, il arriva place des Vosges, la concierge, qui triait le courrier (une grosse pile pour les Sérums et quelques lettres seulement pour les autres locataires), l'arrêta.

« Vous montez chez les Martin?... Je ne sais pas si vous faites bien... Mme Martin a été affreusement malade cette nuit... Il a fallu courir chez le médecin... Son mari est comme fou... »

Les employés traversaient la cour, allaient prendre leur travail dans les laboratoires et les bureaux. Le valet de chambre secouait les tapis à une fenêtre du premier étage.

On entendait le vagissement d'un bébé et la complainte monotone d'une nounou.

6

QUARANTE DE FIÈVRE

« CHUT !... Elle s'est endormie... Entrez quand même... »

M. Martin s'effaçait, résigné. Résigné à laisser voir son logement en désordre. Résigné à se montrer lui-même en négligé, les moustaches tombantes, verdâtres, ce qui indiquait qu'il avait l'habitude de les teindre.

Il avait veillé toute la nuit. Il était éreinté, ne réagissait plus.

Sur la pointe des pieds, il alla fermer la porte qui communiquait avec la chambre à coucher et qui laissait voir le pied du lit et une cuvette posée par terre.

« La concierge vous a dit ?... »

Il chuchotait, avec des regards anxieux à la porte. En même temps, il fermait le réchaud à gaz sur lequel il avait mis du café à réchauffer.

« Une petite tasse ?

— Merci... Je ne vais pas vous déranger longtemps... J'ai tenu à prendre des nouvelles de Mme Martin...

— Vous êtes trop aimable ! » dit Martin avec conviction.

Il n'y voyait vraiment pas malice. Il était tellement bouleversé qu'il devait avoir perdu tout sens critique. Et d'ailleurs, en avait-il jamais eu ?

« C'est terrible, ces crises-là... Vous permettez que je boive mon café devant vous ?... »

Il se troubla en constatant que ses bretelles lui battaient les mollets, se hâta de remettre de l'ordre dans sa toilette, enleva de la table des flacons pharmaceutiques qui traînaient.

« Mme Martin en a souvent ?

— Non... Surtout pas si violentes !... Elle est très nerveuse... Jeune fille, il paraît qu'elle avait toutes les semaines des crises de nerfs...

— Maintenant encore ? »

Martin lui lança un regard de chien battu, osa à peine avouer :

« Je suis obligé de la ménager... Une simple contradiction et la voilà en effervescence !... »

Avec son pardessus mastic, ses moustaches bien cirées, ses gants de peau, il était surtout ridicule. Une caricature de petit fonctionnaire prétentieux.

Mais maintenant, ses poils étaient déteints, ses yeux battus. Il n'avait pas eu le temps de se débarbouiller. Sous un vieux veston, il portait encore sa chemise de nuit.

Et c'était un pauvre bonhomme. On découvrait avec stupeur qu'il avait au moins cinquante-cinq ans.

« Elle a eu un ennui, hier au soir?

— Non... Non... »

Il s'affolait, regardait autour de lui avec effroi.

« Elle n'a pas reçu de visite?... Son fils, par exemple?...

— Non!... Vous êtes arrivé... Puis nous avons dîné... Puis...

— Quoi?

— Rien... Je ne sais pas... C'est venu tout seul... Elle est très sensible... Elle a eu tant de malheurs dans sa vie!... »

Est-ce qu'il pensait vraiment ce qu'il disait? Maigret avait l'impression que Martin parlait pour se convaincre lui-même.

« En somme, personnellement, vous n'avez aucune opinion sur ce crime? »

Et Martin laissa tomber par terre la tasse qu'il avait à la main. Est-ce qu'il avait les nerfs malades, lui aussi?

« Pourquoi aurais-je une opinion?... Je vous jure... Si j'en avais une, je...

— Vous?...

— Je ne sais pas... C'est terrible!... Et juste au moment où, au bureau, nous avons le plus de travail... Je n'ai même pas eu le temps de prévenir mon chef, ce matin... »

Il passa sa main maigre sur son front, puis il

se mit en devoir de ramasser les morceaux de faïence. Il chercha longtemps un torchon pour essuyer le parquet.

« Si elle m'avait écouté, nous ne serions pas restés dans cette maison... »

Il avait peur, c'était clair. Il était décomposé par la peur. Mais la peur de quoi, la peur de qui?

« Vous êtes un brave homme, n'est-ce pas, monsieur Martin? Et un honnête homme...

— J'ai trente-deux ans de service et...

— Donc, si vous saviez quelque chose qui pût aider la justice à découvrir le coupable, vous vous feriez un devoir de me le dire... »

Est-ce qu'il n'allait pas claquer des dents?

« Je le dirais certainement... Mais je ne sais rien... Et je voudrais savoir, moi aussi!... Ce n'est plus une vie...

— Que pensez-vous de votre beau-fils? »

Le regard de Martin se posa sur Maigret, étonné.

« Roger?... C'est...

— C'est un dévoyé, oui!

— Mais il n'est pas méchant, je vous jure... Tout cela, c'est la faute de son père... Comme ma femme le dit toujours, on ne devrait pas donner tant d'argent à des jeunes gens... Elle a raison! Et je crois comme elle que Couchet ne le faisait pas par bonté, ni par amour pour son fils, qui lui était indifférent... Il le faisait pour s'en débarrasser, pour se mettre en règle avec sa conscience...

— Sa conscience?... »

Martin rougit, fut plus embarrassé.

« Il a eu des torts envers Juliette, n'est-ce pas? dit-il à voix plus basse.

— Juliette?

— Ma femme... Sa première femme... Qu'est-ce qu'il a fait pour elle?... Rien!... Il l'a traitée comme une servante... C'est pourtant elle qui l'a aidé dans les moments difficiles... Et plus tard...

— Il ne lui a rien donné, évidemment!... Mais elle était remariée... »

Le visage de Martin s'était empourpré. Maigret le regardait avec étonnement, avec pitié. Car il comprenait que le bonhomme n'était pour rien dans cette thèse ahurissante. Il ne faisait que répéter ce qu'il avait dû entendre dire cent fois par sa femme.

Couchet était riche! Elle était pauvre!... Donc...

Mais le fonctionnaire tendait l'oreille.

« Vous n'avez rien entendu? »

Ils gardèrent un moment le silence. On perçut vaguement un appel dans la chambre voisine. Martin alla ouvrir la porte.

« Qu'est-ce que tu lui racontes? questionna Mme Martin.

— Mais... je...

— C'est le commissaire, n'est-ce pas?... Que veut-il encore?... »

Maigret ne la voyait pas. La voix était celle d'une personne couchée, très basse, mais qui n'en a pas moins tout son sang-froid.

« Le commissaire est venu prendre de tes nouvelles...

— Dis-lui qu'il entre... Attends! Donne-moi une serviette mouillée et le miroir. Et le peigne...

— Tu vas encore t'énerver...

— Mais tiens donc le miroir droit!... Non! Lâche-le plutôt... Tu n'es pas capable de... Enlève cette cuvette!... Ah! les hommes... Dès que la femme n'est pas là, la maison ressemble à une écurie... Fais-le entrer, maintenant. »

La chambre était comme la salle à manger, morne et triste, mal meublée, avec une profusion de vieux rideaux, de vieux tissus, de carpettes décolorées. Dès la porte, Maigret sentit le regard de Mme Martin braqué sur lui, calme, extraordinairement lucide.

Sur le visage tiré, il vit naître un sourire doucereux de malade.

« Ne faites pas attention... dit-elle. Tout est dans un affreux désordre!... C'est à cause de cette crise... »

Et elle regardait tristement devant elle.

« Mais je vais mieux... Il faut que je sois

rétablie demain, pour les obsèques... Est-ce bien demain?...

— C'est demain, oui! Vous êtes sujette à ces crises...

— J'en avais déjà étant petite fille.... Mais ma sœur...

— Vous avez une sœur?

— J'en avais deux... N'allez pas croire ce qui n'est pas... La plus jeune avait des crises aussi... Elle s'est mariée. Son mari était un vaurien et un beau jour il a profité d'une de ces crises pour la faire interner... Elle est morte une semaine plus tard...

— Ne t'agite pas!... supplia Martin, qui ne savait où se mettre, ni où regarder.

— Folle? » questionna Maigret.

Et les traits de la femme redevenaient durs, sa voix mauvaise.

« C'est-à-dire que son mari voulait s'en débarrasser!... Moins de six mois plus tard, il en épousait une autre... Et tous les hommes sont les mêmes... On se dévoue, on se tue pour eux...

— Je t'en conjure!... soupira le mari.

— Je ne dis pas cela pour toi! Quoique tu ne vailles pas mieux que les autres... »

Et Maigret, brusquement, sentit passer comme des effluves de haine. Ce fut bref. Ce fut confus. Et pourtant il était certain de ne pas se tromper.

« N'empêche que si je n'étais pas là... » poursuivit-elle.

Est-ce qu'il n'y avait pas une menace dans sa voix? L'homme s'agitait dans le vide. Par contenance, il compta les gouttes d'une potion qu'il laissait tomber une à une dans un verre.

« Le docteur a dit...

— Je me moque du docteur!

— Pourtant, il faut... Tiens!... Bois lentement... Ce n'est pas mauvais... »

Elle le regarda, puis elle regarda Maigret, et enfin elle but, avec un haussement d'épaules résigné.

« Vous n'étiez vraiment venu que pour prendre de mes nouvelles? prononça-t-elle avec méfiance.

— Je me rendais au laboratoire quand la concierge m'a dit...

— Vous avez découvert quelque chose?

— Pas encore... »

Elle ferma les yeux, pour marquer sa fatigue. Martin regarda Maigret qui se leva.

« Enfin! Je vous souhaite un prompt rétablissement... Vous allez déjà mieux... »

Elle le laissa partir. Maigret empêcha Martin de le reconduire.

« Restez près d'elle, je vous en prie. »

Pauvre type! On eût dit qu'il avait peur de rester, qu'il se raccrochait au commissaire parce que, quand il y avait un tiers, c'était moins terrible.

« Vous verrez que ce ne sera rien... »

Tandis qu'il traversait la salle à manger, il entendit un glissement dans le couloir. Et il rejoignit la vieille Mathilde, au moment où elle allait rentrer chez elle.

« Bonjour, madame... »

Elle le regarda avec crainte, sans répondre, la main posée sur le bouton de la porte.

Maigret parlait bas. Il devinait l'oreille tendue de Mme Martin, qui était capable de se lever pour écouter aux portes à son tour.

« Je suis, comme vous le savez sans doute, le commissaire chargé de l'enquête... »

Il devinait déjà qu'il ne tirerait rien de cette femme au visage placide, si placide qu'il en était lunaire.

« Qu'est-ce que vous me voulez ?

— Simplement vous demander si vous n'avez rien à me dire... Vous habitez la maison depuis longtemps ?

— Depuis quarante ans ! répliqua-t-elle sèchement.

— Vous connaissez tout le monde...

— Je ne parle à personne !

— J'ai pensé que vous avez peut-être vu ou entendu quelque chose... Quelquefois, un tout petit indice suffit à mettre la Justice sur la bonne piste... »

On bougeait à l'intérieur de la pièce. Mais la vieille tenait la porte obstinément close.

« Vous n'avez rien vu?...

Elle ne répondit pas.

« Et vous n'avez rien entendu?

— Vous feriez mieux de dire au propriétaire de me faire installer le gaz...

— Le gaz?

— Ils l'ont dans toute la maison. Mais moi, parce qu'il n'a pas le droit d'augmenter mon loyer, il me le refuse... Il voudrait me mettre dehors!... Il fait tout pour que je m'en aille... Mais il s'en ira le premier, les pieds devant!... Ça, vous pouvez le lui dire de ma part... »

La porte s'ouvrit, si peu qu'il semblait impossible à la grosse femme de passer par l'entrebâillement. Puis elle se referma et il n'y eut plus que des bruits feutrés dans la chambre.

***

« Vous avez votre carte? »

Le valet de chambre en gilet rayé prit le bristol que Maigret lui tendait et disparut dans l'appartement qui était extraordinairement clair, grâce à des fenêtres de cinq mètres de haut comme on n'en trouve plus guère qu'aux immeubles de la place des Vosges et de l'île Saint-Louis.

Les pièces étaient immenses. Quelque part vrombissait un aspirateur électrique. Une nounou en blouse blanche, avec un joli voile bleu sur la tête, passait d'une chambre à l'autre, lançait un regard curieux au visiteur.

Une voix, tout près.

« Faites entrer le commissaire... »

M. de Saint-Marc était dans son bureau, en robe de chambre, ses cheveux argentés lissés avec soin. Il alla tout d'abord fermer une porte par laquelle Maigret eut le temps d'entrevoir un lit de style, le visage d'une jeune femme sur l'oreiller.

« Asseyez-vous, je vous en prie... Bien entendu, vous voulez me parler de cette horrible affaire Couchet... »

Malgré son âge, il donnait une impression de vigueur, de santé. Et l'atmosphère de l'appartement était celle d'une maison heureuse, où tout est clair et joyeux.

« J'ai été d'autant plus affecté par ce drame qu'il s'est déroulé à un moment très émouvant pour moi...

— Je suis au courant... »

Il y eut une petite flamme d'orgueil dans les yeux de l'ancien ambassadeur. Il était fier, à son âge, d'avoir un enfant.

« Je vous demanderai de parler bas, car je préfère cacher cette histoire à Mme de Saint-Marc... Dans son état, il serait regrettable...

Mais, au fait, que vouliez-vous me demander? Je ne connais guère ce Couchet... Je l'ai aperçu deux ou trois fois en passant dans la cour... Il appartenait à un des cercles où je vais de temps à autre, le Haussmann... Mais il ne devait guère y mettre les pieds... J'ai seulement relevé son nom sur l'annuaire paru récemment... Je crois qu'il était assez vulgaire, n'est-ce pas?...

— C'est-à-dire qu'il sortait du peuple... Il a eu quelque peine à devenir ce qu'il est devenu...

— Ma femme m'a dit qu'il avait épousé une personne de très bonne famille, une ancienne amie de pension à elle... C'est une des raisons pour lesquelles il vaut mieux ne pas la mettre au courant... Vous désiriez donc?... »

Par les grandes fenêtres, on dominait la place des Vosges qu'égayait un léger rayon de soleil. Dans le square, des jardiniers arrosaient les pelouses et les massifs de fleurs. Des camions passaient au pas lourd des chevaux.

« Un simple renseignement... Je sais qu'à plusieurs reprises, énervé par l'attente des événements, ce qui est naturel, vous avez fait les cent pas dans la cour... Est-ce que vous y avez rencontré quelqu'un?... N'avez-vous vu personne se diriger vers les bureaux du fond?... »

M. de Saint-Marc réfléchit, tout en jouant avec un coupe-papier.

« Attendez... Non! je ne pense pas... Il faut

dire que j'avais d'autres préoccupations... La concierge serait mieux à même...

— La concierge ne sait rien...

— Et moi... Non!... Ou plutôt... Mais cela ne doit avoir aucun rapport...

— Dites quand même.

— A certain moment, j'ai entendu du bruit du côté des poubelles... J'étais désœuvré... Je me suis approché et j'ai vu une locataire du second...

— Mme Martin?

— Je crois que c'est son nom... J'avoue que je connais mal mes voisins... Elle fouillait dans un des bacs de zinc... Je me souviens qu'elle m'a dit :

« — *Une cuiller en argent est tombée par mégarde dans les ordures.* »

« J'ai questionné :

« — *Vous l'avez retrouvée?* »

« Et elle a dit assez vivement :

« — *Oui!... Oui!...* »

— Qu'a-t-elle fait alors? demanda Maigret.

— Elle est remontée chez elle, à pas pressés... C'est une petite personne nerveuse qui a toujours l'air de courir... Si je m'en souviens, c'est qu'il nous est arrivé de perdre de la sorte une bague de valeur... Et le plus beau, c'est qu'elle a été rapportée à la concierge par un chiffonnier qui l'a découverte en maniant son crochet...

— Vous ne pouvez me dire vers quelle heure se place cet incident?

— Ce me serait difficile... Attendez... Je ne voulais pas dîner... Pourtant, vers huit heures et demie, Albert, mon valet de chambre, m'a supplié de prendre quelque chose... Et, comme je refusais de m'attabler, il m'a apporté dans le salon des bouchées aux anchois... C'était avant...

— Avant huit heures et demie?

— Oui... Mettons que l'incident, comme vous dites, se situe un peu après huit heures... Mais je ne crois pas qu'il présente le moindre intérêt. Quelle est votre opinion sur cette affaire?... Pour ma part, je me refuse à croire, comme le bruit, dit-on, commence à en courir, que le crime ait été commis par quelqu'un de la maison... Pensez que n'importe qui peut entrer dans la cour... Je vais d'ailleurs adresser une réclamation au propriétaire afin que la porte de la voûte soit fermée dès le crépuscule... »

Maigret s'était levé.

« Je n'ai pas encore d'opinion! » dit-il.

La concierge apportait le courrier et, comme la porte de l'antichambre était restée ouverte, elle aperçut soudain le commissaire en tête à tête avec M. de Saint-Marc.

Brave Mme Bourcier! Elle en était toute retournée! Son regard trahissait des mondes d'inquiétude!

Est-ce que Maigret allait se permettre de soupçonner les Saint-Marc ? Ou même seulement les ennuyer avec ses questions ?

« Je vous remercie, monsieur... Et je vous demande d'excuser cette visite...

— Un cigare ? »

M. de Saint-Marc était très grand seigneur, avec un petit rien de familiarité condescendante qui rappelait l'homme politique plus encore que le diplomate.

« Je suis à votre entière disposition. »

Le valet de chambre referma la porte. Maigret descendit lentement l'escalier, se retrouva dans la cour où le livreur d'un grand magasin cherchait en vain la concierge.

Dans la loge, il n'y avait qu'un chien, un chat et les deux enfants occupés à se barbouiller de soupe au lait.

« Maman n'est pas ici ?

— Elle va revenir, m'sieu ! Elle est montée porter le courrier... »

Dans le coin honteux de la cour, près de la loge, il y avait quatre caisses de zinc où, dès la nuit, les locataires venaient les uns après les autres jeter les ordures ménagères.

A six heures du matin, la concierge ouvrait la porte d'entrée et les hommes du service de la voirie renversaient les poubelles dans leur camion.

Ce coin-là, le soir, n'était pas éclairé. La seule

lampe de la cour se trouvait de l'autre côté, au bas de l'escalier.

Qu'est-ce que Mme Martin était venue chercher, à l'heure, à peu près, où Couchet était tué?

S'était-elle mis en tête, elle aussi, de retrouver le gant de son mari?

« Non! grogna Maigret frappé par un souvenir. Martin n'a descendu les ordures que beaucoup plus tard. »

Alors, quelle était cette histoire? Il ne pouvait y avoir de cuiller perdue! Pendant la journée, les locataires n'ont pas le droit de déposer quoi que ce soit dans les poubelles vides!

Qu'est-ce qu'ils cherchaient donc, tous les deux, l'un après l'autre?

Mme Martin fouillait dans la poubelle même!

Martin, lui, tournait autour en frottant des allumettes!

Et le gant, le lendemain matin, était retrouvé!

« Vous avez vu l'enfant? » fit une voix derrière Maigret.

C'était la concierge qui parlait du gosse des Saint-Marc avec plus d'émotion que des siens.

« Vous n'avez rien dit à madame, au moins? Il ne faut pas qu'elle sache...

— Je sais! Je sais!

— Pour la couronne... je veux dire la couronne des locataires... Je me demande si on doit la faire porter aujourd'hui à la maison mortuaire ou si c'est l'usage de ne la déposer qu'au moment des obsèques... Les employés ont été très chics aussi... Ils ont récolté trois cents et des francs... »

Et, se tournant vers un livreur :

« Qu'est-ce que c'est!

— Saint-Marc!

— Escalier de droite. Premier étage en face... Sonnez doucement, surtout! »

Puis, à Maigret :

« Si vous saviez ce qu'elle peut recevoir de fleurs! Au point qu'ils ne savent où les mettre... On a dû en monter la plus grande partie dans les chambres de domestiques... Vous ne voulez pas entrer?... Jojo, vas-tu laisser ta sœur tranquille?... »

Le commissaire regardait toujours les poubelles. Que diable les Martin pouvaient-ils chercher là-dedans?

« Est-ce que, le matin, vous les déposez sur le trottoir, comme c'est la règle?

— Non! Depuis que je suis veuve, c'est impossible! Ou alors, il faudrait que je prenne quelqu'un, car c'est beaucoup trop lourd pour moi... Les hommes de la voirie sont bien gentils... Je leur offre de temps en temps un coup de blanc et ils viennent prendre les boîtes dans la cour...

— Si bien que les chiffonniers ne peuvent les fouiller!

— Vous croyez ça? Ils entrent dans la cour, eux aussi... Ils sont quelquefois trois ou quatre à faire une saleté de tous les diables...

— Je vous remercie. »

Et Maigret s'en alla, rêveur, oubliant ou dédaignant de faire une nouvelle visite aux bureaux comme il en avait l'intention le matin.

Quand il arriva au Quai des Orfèvres, on lui annonça :

« Quelqu'un vous a demandé au téléphone. Un colonel... »

Mais il suivait son idée. Ouvrant la porte du bureau des inspecteurs, il appela :

« Lucas! Tu vas te mettre en route immédiatement... Tu interrogeras tous les chiffonniers qui ont l'habitude d'opérer aux environs de la place des Vosges... Au besoin, tu iras jusqu'à l'usine de Saint-Denis, où les ordures sont brûlées...

— Mais...

— Il faut savoir si on n'a rien remarqué d'anormal dans les poubelles du 61, place des Vosges, avant-hier matin... »

Il s'était laissé tomber dans son fauteuil et un mot lui revint à l'esprit : colonel...

Quel colonel? Il ne connaissait pas de colonel...

Ah! oui! Il y en avait pourtant un dans l'histoire! L'oncle de Mme Couchet! Que lui voulait-il?

« Allô !... Élysées 17-62 ?... Ici, le commissaire Maigret, de la Police judiciaire... Vous dites ?... C'est le colonel Dormoy, qui veut me parler ?... Je reste à l'appareil, oui... Allô !... C'est vous, mon colonel ?... Comment ?... Un testament ?... Je n'entends pas très bien... Non, au contraire, parlez moins fort !... Éloignez-vous un peu de l'appareil... C'est mieux... Alors ?... Vous avez trouvé un testament inouï ?... Et pas même cacheté ?... Entendu ! Je serai là-bas dans une demi-heure... Mais non ! il est inutile que je prenne un taxi... »

Et il alluma sa pipe en repoussant son fauteuil, croisa les jambes.

7

LES TROIS FEMMES

« LE COLONEL vous attend dans la chambre, monsieur. Si vous voulez me suivre... »

La chapelle ardente était close. On remuait dans la pièce voisine, qui devait être la chambre de Mme Couchet. La servante poussa une porte et Maigret aperçut le colonel debout près de la table, la main légèrement posée sur celle-ci, le menton haut, digne et calme comme s'il eût posé pour un sculpteur.

« Veuillez vous asseoir! »

Seulement, cela ne prenait pas avec Maigret, qui ne s'assit pas, se contenta de déboutonner son lourd pardessus, de poser son chapeau melon sur une chaise et de bourrer une pipe.

« C'est vous qui avez trouvé le testament en question? dit-il alors en regardant autour de lui avec intérêt.

— C'est moi, ce matin même. Ma nièce n'est pas encore au courant. Je dois dire que c'est tellement révoltant. . »

Une drôle de chambre, à l'image de Couchet! Certes, les meubles étaient de style comme dans le reste de l'appartement. Il y avait quelques objets de valeur. Mais, tout à côté, on trouvait des choses qui révélaient les goûts frustes du bonhomme.

Devant la fenêtre, une table lui servait plus ou moins de bureau. On y voyait des cigarettes turques, mais aussi toute une série de ces pipes en merisier qui coûtent six sous et que Couchet devait culotter avec amour.

Une robe de chambre pourpre! Ce qu'il avait trouvé de plus éclatant! Puis, au pied du lit, des savates aux semelles trouées.

La table avait un tiroir.

« Vous remarquerez qu'il n'était pas fermé à clef! dit le colonel. Je ne sais même pas si la clef existe. Ce matin, ma nièce avait besoin d'argent pour payer un fournisseur et j'ai voulu lui éviter de signer un chèque. J'ai fouillé dans cette chambre. Voici ce que j'ai trouvé... »

Une enveloppe à en-tête du Grand-Hôtel. Du papier à lettre portant la même raison sociale, légèrement bleuté.

Puis des lignes qui semblaient avoir été écrites distraitement, comme on compose un brouillon.

« *Ceci est mon testament...* »

Plus loin cette phrase inattendue :

« *Comme je négligerai sans doute de me renseigner sur les lois en matière de succession, je prie mon notaire, maître Dampierre, de faire au mieux pour que ma fortune soit partagée aussi également que possible entre :*

« 1° *ma femme Germaine, née Dormoy ;*

« 2° *ma première femme, aujourd'hui épouse Martin, domiciliée 61, place des Vosges ;*

« 3° *Nine Moinard, habitant l'hôtel Pigalle, rue Pigalle.* »

***

« Qu'en pensez-vous ? »

Maigret exultait. Ce testament achevait de lui rendre Couchet aussi sympathique que possible.

« Bien entendu, poursuivait le colonel, ce testament ne tient pas debout. Il comporte je ne sais combien de clauses de nullité et, aussitôt après les obsèques, nous le ferons attaquer. Mais, s'il m'a paru intéressant et urgent de vous en parler, c'est que... »

Maigret souriait toujours, comme s'il eût assisté à une bonne farce. Jusqu'à ce papier du Grand-Hôtel ! Comme beaucoup d'hommes d'affaires qui n'ont pas de bureau dans le centre, Couchet devait y donner certains de ses rendez-vous. Alors, en attendant quelqu'un, sans doute, dans le hall ou au fumoir, il avait attiré un sous-main et il avait griffonné ces quelques lignes.

Il n'avait pas fermé l'enveloppe! Il avait jeté le tout dans son tiroir, remettant à plus tard le souci de rédiger ce testament selon les formes.

Il y avait quinze jours de cela.

« Vous avez dû être frappé, disait le colonel, par une véritable monstruosité. Couchet oublie simplement de parler de son fils! Rien que ce détail suffit à entacher l'acte de nullité et...

— Vous connaissez Roger?

— Moi?... Non... »

Et Maigret souriait toujours.

« Je disais tout à l'heure que, si je vous ai prié de venir, c'est que...

— Vous connaissez Nine Moinard? »

Le malheureux sursauta comme si on lui eût marché sur le pied.

« Je n'ai pas à la connaître! Son adresse seule, rue Pigalle, me donne une idée de... Mais qu'est-ce que je disais?... Ah! oui! Vous avez vu la date du testament? Il est récent!... Couchet est mort deux semaines après l'avoir écrit... Il a été tué!... Supposez maintenant qu'une des deux femmes dont il est question ait connu ces dispositions... J'ai tout lieu de croire qu'elles ne sont pas riches...

— Pourquoi deux femmes?

— Que voulez-vous dire?

— Trois femmes! Le testament parle de trois femmes! Les trois femmes de Couchet, si vous voulez! »

Le colonel finissait par croire que Maigret plaisantait.

« Je parlais sérieusement... dit-il. N’oubliez pas qu’il y a un mort dans la maison! Et qu’il s’agit de l’avenir de plusieurs personnes!... »

Évidemment! N’empêche que le commissaire avait envie de rire. Il n’aurait pas pu dire lui-même pourquoi.

« Je vous remercie de m’avoir mis au courant... »

Le colonel était dépité. Il ne comprenait rien à cette attitude de la part d’un fonctionnaire aussi important que Maigret.

« Je suppose que...

— Au revoir, mon colonel... Veuillez présenter mes respects à Mme Couchet... »

Dans la rue, il ne put s’empêcher de grommeler :

« Sacré Couchet! »

Froidement, comme ça, sans rire, il mettait ses trois femmes sur son testament! Y compris la première, devenue Mme Martin, qui se dressait sans cesse devant lui avec un regard méprisant, tel un reproche vivant! Y compris la brave petite Nine, qui faisait tout ce qu’elle pouvait pour le distraire!

Par contre, il oubliait qu’il avait un fils!

Pendant un bon moment, Maigret se demanda à qui il porterait d'abord la nouvelle. A Mme Martin, que la fortune suffirait sans doute à faire jaillir de son lit? A Nine?...

« Par exemple, elles ne tiennent pas encore la galette... »

C'était une histoire à durer des années! On plaiderait! Mme Martin, en tout cas, ne se laisserait pas faire!

« N'empêche que le colonel a été honnête! Il aurait pu brûler le testament sans que personne le sût... »

Et Maigret, guilleret, traversait à pied le quartier de l'Europe. L'atmosphère était attiédie par un soleil clairet. Il y avait de la gaieté dans l'air.

« Sacré Couchet! »

Il pénétra dans l'ascenseur de l'hôtel Pigalle sans rien demander et quelques instants plus tard il frappait à la porte de Nine. Il y eut des bruits de pas à l'intérieur. L'huis s'entrouvrit, juste assez pour laisser passer une main qui resta tendue dans le vide.

Une main de femme, déjà ratatinée. Comme Maigret ne bougeait pas, la main s'impatienta, un visage de vieille Anglaise se montra à son tour et il y eut tout un discours incompréhensible.

Ou plutôt Maigret devina que l'Anglaise attendait son courrier, ce qui expliquait son geste.

Le plus clair, c'est que Nine n'occupait plus sa chambre, qu'elle n'habitait sans doute plus l'hôtel.

« Trop cher pour elle ! » songea-t-il.

Et il s'arrêta, hésitant, devant la porte voisine. Un valet de chambre le décida, en lui demandant avec méfiance :

« Qu'est-ce que vous cherchez ?

— M. Couchet...

— Il ne répond pas ?

— Je n'ai pas encore frappé. »

Et Maigret sourit encore. Il était d'une humeur enjouée. Ce matin-là, il avait soudain l'impression de participer à une farce ! Toute la vie était une farce ! La mort de Couchet était une farce, et surtout son testament !

« ...trez ! »

Le verrou bougeait. La première chose que fit Maigret, ce fut d'aller tirer les rideaux et d'entrouvrir la fenêtre.

Céline ne s'était même pas réveillée. Roger se frottait les yeux, bâillait :

« Ah ! c'est vous... »

Il y avait progrès. La pièce ne sentait pas l'éther. Les vêtements étaient par terre, en tas.

« ... que vous voulez ? »

Il s'assit sur son lit, prit le verre d'eau sur la table de nuit et le vida d'un trait.

« On a trouvé le testament ! déclara Maigret

en recouvrant une cuisse nue de Céline, qui était couchée en chien de fusil.

— Alors ? »

Roger ne manifestait aucune passion. A peine une vague curiosité.

« Alors ? C'est un drôle de testament ! Il fera certainement couler beaucoup d'encre et gagner beaucoup d'argent aux gens de loi. Imaginez que votre père laisse toute sa fortune à ses trois femmes ! »

Le jeune homme fit un effort pour comprendre.

« Ses trois... ?

— Oui ! Sa femme légitime actuelle. Ensuite votre mère ! Enfin sa petite amie Nine, qui était hier encore votre voisine de chambre ! Il charge le notaire de faire en sorte qu'elles reçoivent chacune une part égale... »

Roger ne bronchait pas. Il avait l'air de réfléchir. Mais non de réfléchir à une affaire le concernant personnellement.

« C'est crevant ! dit-il enfin d'une voix grave qui contrastait avec ses paroles.

— C'est exactement ce que j'ai dit au colonel.

— Quel colonel ?

— Un oncle de Mme Couchet... Il joue auprès d'elle les messieurs de la famille...

— Il doit tirer une bobine !

— Comme vous dites ! »

Le jeune homme sortit ses jambes du lit, saisit un pantalon jeté sur le dossier d'une chaise.

« Vous ne paraissez pas très affecté par cette nouvelle.

— Moi, vous savez... »

Il boutonnait son pantalon, cherchait le peigne, fermait la fenêtre qui laissait pénétrer un air trop frais.

« Vous n'avez pas besoin d'argent? »

Maigret était soudain sérieux. Son regard se faisait pesant, inquisiteur.

« Je n'en sais rien.

— Vous ne savez pas si vous avez besoin d'argent? »

Roger braqua sur le commissaire un regard glauque et Maigret se sentit mal à l'aise.

« Je m'en f...!

— Ce n'est pas que vous gagniez trop largement votre vie!

— Je ne gagne pas un sou! »

Il bâilla, se regarda dans la glace d'un air morne. Maigret s'aperçut que Céline s'était éveillée. Elle ne bougeait pas. Elle avait dû entendre une partie de la conversation, car elle observait les deux hommes avec curiosité.

Elle aussi, pourtant, avait besoin du verre d'eau! Et l'atmosphère de cette chambre, avec son désordre, son odeur fade, ces deux êtres avachis, était comme la quintessence d'un monde découragé.

« Vous avez de l'argent de côté? »

Roger commençait à en avoir assez de cette conversation. Il chercha son veston, y prit un mince portefeuille marqué à son chiffre, le lança à Maigret.

« Fouillez! »

Deux billets de cent francs, quelques coupures, un permis de conduire et un vieux carton de vestiaire.

« Que comptez-vous faire si on vous frustre de l'héritage?

— Je ne veux pas d'héritage!

— Vous n'attaquerez pas le testament?

— Non! »

Cela sonna drôlement. Maigret, qui fixait le tapis, leva la tête.

« Trois cent soixante mille francs vous suffisent? »

Alors, l'attitude du jeune homme changea. Il marcha vers le commissaire, s'arrêta à moins d'un pas de lui, au point que leurs épaules se touchaient. Et, les poings serrés, il grommela :

« Répétez! »

A ce moment, il avait quelque chose de canaille dans l'allure! Cela sentait le faubourg, la rixe de bistrot.

« Je vous demande si les trois cent soixante mille francs de Couchet vous... »

Il eut juste le temps d'attraper au vol le bras de son interlocuteur. Sinon il eût reçu un des plus beaux coups de poing de sa vie!

« Calmez-vous! »

Justement, Roger était calme! Il ne se débattait pas! Il était pâle. Son regard était fixe. Il attendait que le commissaire voulût bien le lâcher.

Était-ce pour frapper à nouveau? Quant à Céline, elle avait sauté du lit, en dépit de sa demi-nudité. On la sentait prête à ouvrir la porte pour appeler au secours.

Tout se passa tranquillement. Maigret ne serra le poignet que quelques secondes et, quand il lui rendit la liberté de ses mouvements, le jeune homme ne bougea pas.

Il y eut un long silence. On eût dit que chacun hésitait à le rompre, comme, dans un combat, chacun hésite à frapper le premier.

Et enfin ce fut Roger qui parla.

« Vous vous fourrez le doigt dans l'œil jusqu'au coude! »

Il ramassa par terre une robe de chambre mauve qu'il lança à sa compagne.

« Voulez-vous me dire ce que vous comptez faire, une fois vos deux cents francs dépensés?

— Qu'est-ce que j'ai fait jusqu'à présent?

— Il n'y a qu'une petite différence : votre père est mort et vous ne pourrez plus le taper... »

Roger haussa les épaules avec l'air de dire que son interlocuteur n'y comprenait rien du tout.

Il y avait une ambiance indéfinissable. Pas du drame à proprement parler. Autre chose, de poignant ! Peut-être une atmosphère de bohème sans poésie ? Peut-être ce portefeuille et ces deux billets de cent francs ?...

Ou encore la femme inquiète qui venait d'avoir la révélation que le lendemain ne serait pas semblable aux jours précédents, qu'il faudrait chercher un nouvel appui ?

Ou plutôt non ! C'était Roger lui-même qui faisait peur ! Parce que ses faits et gestes ne correspondaient pas à son passé, tranchaient avec ce que Maigret savait de son caractère !

Son calme... Et ce n'était pas de la pose !... Il était vraiment calme, calme comme quelqu'un qui...

« Donnez-moi votre revolver ! » dit soudain le commissaire.

Le jeune homme le tira d'une poche de son pantalon, le tendit, avec une ombre de sourire.

« Vous me promettez de... »

Il n'acheva pas, car il voyait la femme prête à crier d'effroi. Elle ne comprenait pas. Mais elle sentait que quelque chose de terrible se passait.

De l'ironie, dans les yeux de Roger.

Ce fut presque une fuite. Maigret, qui n'avait plus rien à dire, aucun geste à esquisser, battit en retraite, heurta en sortant le chambranle de la porte et étouffa un juron.

Dans la rue, il avait perdu son humeur allègre du matin. Il ne trouvait plus du tout à la vie des allures de farce. Il leva la tête pour regarder la fenêtre du couple. Elle était fermée. On ne voyait rien.

Il était mal à l'aise comme on l'est tout à coup quand on cesse de comprendre.

Il y avait eu deux ou trois regards de Roger... Il n'aurait pu les expliquer... Mais enfin! ce n'étaient pas les regards auxquels il s'attendait... C'étaient des regards qui ne concordaient pas avec le reste...

Il revint sur ses pas, parce qu'il avait oublié de demander à l'hôtel la nouvelle adresse de Nine.

« Sais pas! dit le portier. Elle a payé sa chambre et elle est partie avec sa valise! Pas besoin de taxi... Elle a dû choisir un hôtel meilleur marché dans le quartier...

— Dites donc... si... s'il arrivait quelque chose dans la maison... Oui... quelque chose d'inattendu... je vous prierais de m'avertir personnellement à la Police judiciaire... Commissaire Maigret... »

Il s'en voulait de cette démarche-là. Que pouvait-il arriver? N'empêche qu'il pensait aux deux billets de cent francs dans le portefeuille, au regard apeuré de Céline.

Un quart d'heure plus tard, il entrait au Moulin-Bleu par la porte des artistes. La salle était vide, obscure, les fauteuils et le rebord des loges couverts de lustrine verte.

Sur la scène, six femmes, frileuses malgré leurs manteaux, répétaient sans cesse le même pas — un pas ridiculement simple — tandis qu'un petit homme grassouillet s'égosillait, hurlant un air de musique.

« Un!... Deux!... tra la la la... Mais non!... Tra la la la... Trois!... Trois, nom de D...! »

Nine était la deuxième des femmes. Elle avait reconnu Maigret, qui se tenait debout près d'une colonne. L'homme l'avait vu aussi, mais ça lui était égal.

« Un!... Deux!... tra la la la... »

Cela dura un quart d'heure. Il faisait plus froid que dehors et Maigret avait les pieds glacés. Enfin le petit homme essuya son front, lança une injure à sa troupe en guise d'adieu.

« C'est pour moi? cria-t-il de loin à Maigret.

— Non!... C'est pour... »

Nine s'approchait, gênée, se demandait si elle devait tendre la main au commissaire.

« J'ai une nouvelle importante à vous annoncer...

— Pas ici... Nous n'avons pas le droit de recevoir au théâtre... Sauf le soir, parce que cela fait des entrées... »

Ils s'assirent devant le guéridon d'un petit bar voisin.

« On a trouvé le testament de Couchet... Il lègue toute sa fortune à trois femmes... »

Elle le regardait avec étonnement, sans soupçonner la vérité.

« Sa première femme d'abord, bien qu'elle soit remariée... Puis la seconde... Puis vous... »

Elle gardait les yeux fixés sur Maigret qui vit les prunelles s'agrandir, puis s'embuer.

Et enfin elle se cacha le visage dans les mains pour pleurer.

8

LE GARDE-MALADE

« IL AVAIT une maladie de cœur. Il le savait. »

Nine avala une gorgée d'un apéritif couleur de rubis.

« C'est pour cela qu'il se ménageait. Il disait qu'il avait assez travaillé, qu'il était temps pour lui de jouir de la vie...

— Il parlait quelquefois de la mort?

— Souvent!... Mais pas de... de cette mort-là!... Il pensait à sa maladie de cœur... »

C'était un de ces petits bars où ne fréquentent que des habitués. Le patron regardait Maigret à la dérobée comme un bourgeois en bonne fortune. Devant le zinc, on parlait des courses de l'après-midi.

« Il était triste?

— C'est difficile à expliquer! Parce que ce n'était pas un homme comme les autres. Par exemple, on était au théâtre, ou ailleurs. Il s'amusait. Puis, sans raison, il disait avec un gros rire :

« — *Saloperie de vie, hein, Ninette !...* »

— Il s'occupait de son fils ?

— Non...

— Il en parlait ?

— Presque jamais ! Seulement quand il était venu le taper.

— Et que disait-il ?

— Il soupirait : « *Quel pauvre crétin !...* »

Maigret l'avait déjà senti ; pour une raison ou pour une autre, Couchet n'avait guère d'affection pour son fils. Il semblait même qu'il eût été écœuré par le jeune homme. Écœuré au point de ne pas essayer de le tirer d'affaire !

Car il ne lui avait jamais fait de morale. Et il lui donnait de l'argent pour s'en débarrasser, ou par pitié.

« Garçon ! Qu'est-ce que je vous dois ?

— Quatre francs soixante ! »

Nine sortit avec lui du bistrot et ils restèrent un instant sur le trottoir de la rue Fontaine.

« Où habitez-vous maintenant ?

— Rue Lepic, le premier hôtel à gauche. Je n'ai pas encore regardé le nom. C'est assez propre...

— Quand vous serez riche, vous pourrez... »

Elle eut un sourire humide.

« Vous savez bien que je ne serai jamais riche ! Je n'ai pas une tête à cela... »

Le plus étrange c'est que Maigret avait exactement cette impression! Nine n'avait pas une tête à être riche un jour! Il n'aurait pu dire pourquoi.

« Je vous accompagne jusqu'à la place Pigalle, où je vais prendre mon tramway... »

Ils marchèrent lentement, lui énorme, pesant, elle toute mièvre à côté du large dos de son compagnon.

« Si vous saviez comme cela me déroute d'être seule! Heureusement qu'il y a le théâtre, avec deux répétitions par jour en attendant que la nouvelle revue soit prête... »

Elle devait faire deux pas pour un pas de Maigret, si bien qu'elle courait presque. A l'angle de la rue Pigalle, elle s'arrêta soudain, cependant que le commissaire fronçait les sourcils, grommelait entre ses dents :

« L'imbécile! »

On ne pouvait pourtant rien voir. En face de l'hôtel Pigalle, il y avait un rassemblement d'une quarantaine de personnes. Un agent, sur le seuil, essayait de faire circuler la foule.

C'était tout! Mais il y avait cette atmosphère spéciale, ce silence qu'on n'obtient dans la rue que lors des catastrophes.

« Qu'est-ce que c'est? bégaya Nine... A mon hôtel!...

— Non! Ce n'est rien! Rentrez chez vous...

— Mais... si...

— Rentrez chez vous ! » commanda-t-il sèchement.

Et elle obéit, intimidée, tandis que le commissaire se frayait un passage dans la foule. Il fonçait comme un bélier. Des femmes l'injuriaient. Le sergent de ville le reconnut et le fit entrer dans le corridor de l'hôtel.

Le commissaire du quartier était déjà là, en conversation avec le portier qui s'écria en désignant Maigret :

« C'est lui. Je le reconnais... »

Les deux policiers se serrèrent la main. On entendait des sanglots, des gémissements et des murmures confus dans un petit salon qui donnait sur le hall.

« Comment a-t-il fait ? questionna Maigret.

— La fille qui vit avec lui déclare qu'il était devant la fenêtre, très calme. Elle s'habillait. Il la regardait en sifflant... Il ne s'est interrompu que pour lui dire qu'elle avait de jolies cuisses, mais que les mollets étaient trop maigres... Puis il s'est remis à siffler... Et soudain elle n'a plus rien entendu... Elle a été angoissée par une sensation de vide... Il n'était plus là !... Il n'avait pas pu sortir par la porte...

— Compris ! Il n'a blessé personne en tombant sur le trottoir ?

— Personne ! Tué net ! La colonne vertébrale brisée en deux endroits... »

« Les voici ! » vint annoncer le sergent de ville.

Et le commissaire du quartier expliqua à Maigret :

« L'ambulance... Il n'y a rien à faire d'autre... Est-ce que vous savez s'il y a des parents à prévenir ?... Quand vous êtes arrivé, le portier me disait justement que le jeune homme avait reçu ce matin une visite... Un homme grand et fort... Il me donnait le signalement de cet homme, au moment où je vous ai vu... C'était vous ! Est-ce que je dois quand même faire un rapport, ou vous occupez-vous de tout ?

— Faites un rapport.

— Et pour la famille ?

— Je m'en occuperai. »

Il poussa la porte du salon, vit une forme étendue par terre, entièrement recouverte par une couverture prise à un des lits.

Céline, affalée dans un fauteuil, faisait entendre maintenant un ululement régulier, tandis qu'une grosse femme, la patronne ou la gérante, lui prodiguait des consolations.

« Ce n'est pas comme s'il s'était tué pour vous, n'est-ce pas ?... Vous n'y pouvez rien... Vous ne lui avez jamais rien refusé... »

Maigret ne souleva pas la couverture, ne se montra même pas à Céline.

Quelques instants plus tard, des infirmiers transportaient le corps dans la voiture d'ambulance et celle-ci démarrait en direction de l'Institut médico-légal.

Alors, peu à peu, le groupe, rue Pigalle, s'éparpilla. Les derniers curieux ne savaient même plus s'il s'agissait d'un incendie, d'un suicide ou de l'arrestation d'un voleur à la tire.

***

« *Il sifflait... Et soudain je n'ai plus rien entendu...* »

Maigret montait lentement, lentement l'escalier de la place des Vosges et, à mesure qu'il se rapprochait du second étage, il se renfrognait.

La porte de la vieille Mathilde était entrouverte. Sans doute la femme était-elle derrière, à guetter. Mais il haussa les épaules, tira le cordon qui pendait devant l'huis des Martin.

Il avait sa pipe aux lèvres. Il pensa un instant à la mettre en poche puis, une fois de plus, il haussa les épaules.

Des bruits de bouteilles heurtées. Un vague murmure. Deux voix d'hommes qui se rapprochaient et la porte qui s'ouvrait enfin.

« Bien, docteur... Oui, docteur... Merci, docteur... »

Un monsieur Martin abattu, qui n'avait pas encore eu le temps de faire sa toilette et que Maigret retrouvait dans la même tenue lamentable que le matin.

« C'est vous?... »

Le médecin se dirigeait vers l'escalier tandis que M. Martin faisait entrer le commissaire, jetait un regard furtif dans la chambre à coucher.

« Elle va plus mal?

— On ne sait pas... Le docteur ne peut pas se prononcer... Il reviendra ce soir... »

Il prit une ordonnance sur l'appareil de T.S.F., la fixa de ses yeux vides.

« Je n'ai même plus personne pour aller chez le pharmacien!

— Qu'est-il arrivé?

— A peu près comme cette nuit, mais en plus fort... Elle s'est mise à trembler, à balbutier des choses incompréhensibles... J'ai fait chercher le docteur et il a constaté qu'elle a près de quarante de fièvre...

— Elle délire?

— Puisque je vous dis qu'on ne comprend pas ce qu'elle dit! Il faut de la glace, et un appareil de caoutchouc pour lui mettre cette glace sur le front...

— Voulez-vous que je reste ici pendant que vous irez chez le pharmacien? »

M. Martin fut sur le point de refuser. Puis il se résigna.

Il endossa un pardessus, s'éloigna en gesticulant, tragique et grotesque, revint parce qu'il avait oublié de prendre de l'argent.

Maigret n'avait aucun but en restant dans l'appartement. Il ne s'intéressa à rien, n'ouvrit aucun tiroir, ne regarda même pas un tas de correspondance qui se trouvait sur un meuble.

Il entendait la respiration irrégulière de la malade qui poussait de temps en temps un long soupir, puis balbutiait des syllabes confuses.

Quand M. Martin revint, il le retrouva à la même place.

« Vous avez tout ce qu'il faut?

— Oui... C'est affreux!... Et le bureau qui n'est même pas prévenu!... »

Maigret l'aida à casser la glace et à l'introduire dans la poche en caoutchouc rouge.

« Vous n'avez pourtant pas reçu de visite ce matin?

— Personne...

— Et vous n'avez pas reçu de lettre?

— Rien... Des prospectus... »

Mme Martin avait le front en sueur et ses cheveux grisonnants collaient aux tempes. Ses lèvres étaient décolorées. Mais les yeux restaient extraordinairement vivants.

Est-ce qu'ils reconnurent Maigret, qui tenait l'appareil au-dessus de la tête de la malade?

On n'eût pu le dire. Mais elle semblait un peu calmée. L'outre rouge sur le front, elle resta immobile, à regarder le plafond.

Le commissaire entraîna M. Martin dans la salle à manger.

« J'ai plusieurs nouvelles à vous annoncer.

— Ah! dit-il avec un frisson d'inquiétude.

— On a découvert le testament de Couchet. Il laisse un tiers de sa fortune à votre femme.

— Comment? »

Et le fonctionnaire s'agitait, ahuri, bouleversé par cette nouvelle.

« Vous dites qu'il nous laisse?...

— Un tiers de sa fortune! Il est probable que cela n'ira pas tout seul. Sa seconde femme fera sans doute opposition... Car elle ne reçoit de son côté qu'un tiers... Le troisième tiers va à une autre personne, la dernière maîtresse de Couchet, une certaine Nine... »

Pourquoi Martin semblait-il désolé? Pis que désolé! Atterré! On eût dit qu'il en avait bras et jambes coupés! Il regardait fixement le plancher, incapable de se ressaisir.

« L'autre nouvelle est moins bonne... Il s'agit de votre beau-fils...

— Roger?

— Il s'est tué ce matin en se jetant par la fenêtre de sa chambre, rue Pigalle... »

Alors, il vit le petit Martin se dresser sur ses ergots, le regarder avec colère, avec rage, et hurler :

« Qu'est-ce que vous me racontez?... Vous voulez me faire devenir fou, n'est-ce pas?... Avouez que tout cela, c'est un truc pour me faire parler!...

— Pas si fort!... Votre femme...

— Cela m'est égal!... Vous mentez!... Ce n'est pas possible... »

Il était méconnaissable. Il perdait d'un seul coup toute sa timidité, toute cette bonne éducation à laquelle il tenait tant.

Et c'était curieux de voir son visage décomposé, ses lèvres qui tremblaient, ses mains qui s'agitaient dans le vide.

« Je vous jure, insista Maigret, que ces deux nouvelles sont officielles...

— Mais pourquoi aurait-il fait cela?... Je vous dis, moi, que c'est à devenir fou!... D'ailleurs, c'est bien ce qui arrive!... Ma femme est en train de devenir folle!... Vous l'avez vue!... Et, si cela continue, je deviendrai fou aussi... Nous deviendrons tous fous!... »

Son regard était d'une mobilité maladive. Il avait perdu tout contrôle de lui-même.

« Son fils qui se jette par la fenêtre!... Et le testament... »

Tous les traits étaient crispés et soudain ce fut une crise de larmes, tragique, comique, odieuse.

« Je vous en prie! Calmez-vous...

— Toute une vie... Trente-deux ans... Tous les jours... A neuf heures... Sans jamais une réprimande... Tout cela pour...

— Je vous en prie... Pensez que votre femme vous entend, qu'elle est très malade...

— Et moi?... Vous croyez que je ne suis pas malade, moi?... Vous croyez que je supporterai longtemps une pareille vie?... »

Il n'avait pas une tête à pleurer et c'est bien ce qui rendait ses larmes émouvantes.

« Vous n'y êtes pour rien, n'est-ce pas? Ce n'est que votre beau-fils... Vous n'êtes pas responsable... »

Martin regarda le commissaire, subitement calmé, mais pas pour longtemps.

« Je ne suis pas responsable... »

Il s'emporta.

« N'empêche que c'est moi qui ai tous les tracas! C'est ici que vous venez raconter ces histoires!... Dans l'escalier, les locataires me regardent de travers... Je parie qu'ils me soupçonnent d'avoir tué ce Couchet!... Parfaitement!... Et, d'ailleurs, qu'est-ce qui me prouve que vous ne me soupçonnez pas aussi?... Qu'est-ce que vous venez faire ici?... Ha! Ha! Vous ne répondez pas!... Vous n'oseriez pas répondre... On choisit le plus faible!... Un homme qui n'est pas capable de se défendre... Et ma femme est malade... Et... »

Il heurta du coude, dans ses gesticulations, l'appareil de T.S.F. qui oscilla, s'écrasa par terre dans un fracas de lampes brisées.

Alors le petit fonctionnaire réapparut.

« Un poste de douze cents francs!... J'ai attendu trois ans avant de me le payer... »

Un gémissement parvint de la chambre voisine. Il tendit l'oreille, mais ne bougea pas.

« Votre femme n'a besoin de rien? »

Ce fut Maigret qui regarda dans la chambre. Mme Martin était toujours couchée. Le commissaire rencontra son regard et il eût été incapable de dire si c'était un regard d'une intelligence aiguë ou un regard que la fièvre rendait trouble.

Elle n'essaya pas de parler. Elle le laissa partir.

Dans la salle à manger, Martin avait mis ses deux coudes sur une commode, s'était pris la tête dans les mains et fixait la tapisserie, à quelques centimètres de son visage.

« Pourquoi se serait-il tué?

— Supposez par exemple que ce soit lui qui... »

Le silence. Un grésillement. Une forte odeur de brûlé. Martin ne s'en apercevait pas.

« Il y a quelque chose sur le feu? » questionna Maigret.

Il entra dans la cuisine bleue de vapeur. Sur le réchaud à gaz, il trouva un poêlon de lait dont le contenu s'était répandu et qui menaçait d'éclater. Il ferma le robinet de l'appareil, ouvrit la fenêtre, aperçut la cour de l'immeuble, le laboratoire des Sérums du Dr Rivière, la voiture du directeur arrêtée au pied du perron.

Et on percevait un crépitement de machines à écrire, dans les bureaux.

Si Maigret s'attardait, ce n'était pas sans raison. Il voulait donner à Martin le temps de se calmer, voire d'étudier une contenance. Il bourra lentement sa pipe, l'alluma avec un allumeur pendu au-dessus du réchaud.

Quand il revint dans la salle à manger, l'homme n'avait pas bougé, mais il s'était apaisé. Il se redressa en soupirant, chercha un mouchoir, se moucha bruyamment.

« Tout cela doit finir mal, n'est-ce pas? commença-t-il.

— Il y a déjà deux morts! répondit Maigret.

— Deux morts... »

Un effort. Un effort qui devait même être déchirant, car Martin, qui était sur le point de s'agiter à nouveau, parvint à rester maître de ses nerfs.

« Dans ce cas, je crois qu'il vaut mieux...

— Qu'il vaut mieux?... »

Le commissaire osait à peine parler. Il retenait son souffle. Il avait la poitrine serrée, car il se sentait tout près de la vérité.

« Oui... grommela Martin pour lui-même. Tant pis!... C'est indispensable... in-dis-pen-sable... »

Pourtant il marcha machinalement jusqu'à la porte ouverte de la chambre à coucher, plongea le regard dans la pièce.

Maigret attendait toujours, immobile, silencieux.

Martin ne dit rien. On n'entendit pas la voix de sa femme. N'empêche qu'il dut se passer quelque chose.

La situation s'éternisa. Le commissaire commença à s'impatienter.

« Eh bien?... »

L'homme se tourna lentement vers lui, avec un nouveau visage.

« Quoi?

— Vous disiez que... »

M. Martin essaya de sourire.

« Que quoi?

— Qu'il valait mieux, pour éviter de nouveaux drames...

— Qu'il valait mieux quoi? »

Il se passa la main sur le front, comme quelqu'un qui a quelque peine à ranimer ses souvenirs.

« Je vous demande pardon! Je suis tellement bouleversé...

— Que vous avez oublié ce que vous vouliez dire?

— Oui... Je ne sais plus... Regardez!... Elle dort... »

Il montrait Mme Martin qui avait fermé les yeux et dont le visage était devenu pourpre, sans doute à la suite de l'application de glace sur son front.

« Qu'est-ce que vous savez? questionna Maigret du ton dont on parle à un prévenu trop habile.

— Moi? »

Et désormais toutes les réponses seraient du même genre! Ce qu'on appelle faire l'idiot. Répéter un mot avec étonnement.

« Vous étiez prêt à me dire la vérité...

— La vérité?

— Allons! N'essayez pas de vous faire passer pour un crétin. Vous savez qui a tué Couchet...

— Moi?... Je sais?... »

S'il n'avait jamais reçu de claques, il fut à deux doigts d'en recevoir une magistrale, de la main de Maigret!

Celui-ci, les mâchoires serrées, regardait la femme immobile, qui dormait ou feignait de dormir, puis le bonhomme dont les paupières étaient encore gonflées, les traits tirés par la crise précédente, la moustache tombante.

« Vous prenez la responsabilité de ce qui pourra arriver?

— Qu'est-ce qui peut arriver?

— Vous avez tort, Martin!

— Tort de quoi? »

Qu'est-ce qui s'était passé? Pendant une minute, peut-être, l'homme qui allait parler était resté entre les deux pièces, les yeux fixés sur le lit de sa femme. Maigret n'avait rien entendu. Martin n'avait pas bougé.

Maintenant, elle dormait! Il feignait l'innocence!

« Je vous demande pardon... Je crois qu'il y a des moments où je n'ai pas bien ma tête à moi... Avouez qu'on deviendrait fou à moins... »

N'empêche qu'il restait triste, lugubre même. Il avait l'attitude d'un condamné. Son regard fuyait le visage de Maigret, voletait sur les objets familiers, se raccrochait enfin à l'appareil de T.S.F. qu'il se mettait en devoir de ramasser, accroupi sur le plancher, le dos tourné au commissaire.

« A quelle heure le médecin doit-il venir?

— Je ne sais pas... Il a dit « *ce soir* »...

Maigret sortit et fit claquer la porte derrière lui. Il se trouva nez à nez avec la vieille Mathilde qui en fut si ahurie qu'elle resta immobile, la bouche ouverte.

« Vous n'avez rien à me dire non plus, vous?... Hein?... Vous allez peut-être prétendre aussi que vous ne savez rien?... »

Elle essayait de reprendre contenance. Elle tenait les deux mains sous son tablier, dans une pose machinale de vieille ménagère.

« Venez chez vous... »

Elle fit glisser ses pantoufles de feutre sur le parquet, hésita à pousser la porte entrouverte.

« Allons! Entrez... »

Et Maigret entra à son tour, referma l'huis

d'un coup de pied, n'eut même pas un regard pour la folle qui était assise devant la fenêtre.

« Maintenant, parlez !... Compris ?... »

Et il se laissa tomber de tout son poids sur une chaise.

9

L'HOMME A LA PENSION

« D'ABORD, ils passent leur vie à se disputer! » Maigret ne broncha pas. Il s'était enfoncé jusqu'au cou dans toute cette saleté quotidienne, plus écœurante que le drame lui-même.

Devant lui, la vieille avait une expression terrible de jubilation et de menace. Elle parlait. Elle allait parler encore! Par haine pour les Martin, pour le mort, pour tous les locataires de la maison, par haine de l'humanité entière! Et par haine de Maigret!

Elle restait debout, les mains jointes sur son gros ventre mou et on eût dit qu'elle avait attendu cette heure-là toute sa vie.

Ce n'était pas un sourire qui flottait sur ses lèvres. C'était la béatitude qui la faisait fondre!

« *D'abord,* ils passent leur vie à se disputer. »

Elle avait le temps. Elle distillait ses phrases. Elle se donnait le loisir d'exprimer son mépris pour les gens qui se disputent.

« Pas même comme des chiffonniers! Cela

dure depuis toujours! Au point que je me demande comment il ne l'a pas encore tuée.

— Ah! vous vous attendiez à ?...

— Quand on vit dans une maison comme celle-ci, il faut s'attendre à tout... »

Elle surveillait ses intonations. Était-elle plus odieuse que ridicule, plus ridicule qu'odieuse?

La chambre était grande. Il y avait un lit défait, avec des draps gris qui n'avaient jamais dû sécher un grand air. Une table, une vieille armoire, un réchaud.

Dans un fauteuil, la folle, qui regardait devant elle avec un léger sourire attendri.

« Pardon! Vous recevez parfois des visites? questionna Maigret.

— Jamais!

— Et votre sœur ne sort pas de cette chambre?

— Quelquefois, elle se sauve dans l'escalier... »

Une grisaille décourageante. Une odeur de pauvreté malpropre, de vieillesse, peut-être une odeur de mort?

« Remarquez que c'est la femme qui attaque toujours! »

Maigret avait à peine la force de l'interroger. Il la regardait vaguement. Il écoutait.

« Pour des questions d'argent, naturellement! Pas pour des questions de femme... Bien qu'une fois qu'elle a supposé, en faisant les comptes, qu'il était allé dans une maison spéciale, il en ait vu de toutes les couleurs...

— Elle le bat? »

Maigret parlait sans ironie. La supposition n'était pas plus saugrenue qu'une autre. On nageait dans tant d'invraisemblance que rien ne pouvait plus étonner.

« Je ne sais pas si elle le bat, mais en tout cas elle casse des assiettes... Puis elle pleure, en disant qu'elle ne pourra jamais avoir un ménage convenable...

— En somme, il y a des scènes à peu près tous les jours?

— Pas des grandes scènes! Mais des reproches. Deux ou trois scènes par semaine...

— Cela vous donne du travail! »

Elle ne fut pas sûre d'avoir compris et elle le regarda avec un rien d'inquiétude.

« Quels sont les reproches qu'elle lui fait le plus souvent?

— « *Quand on n'a pas de quoi nourrir une femme, on ne se marie pas!*

« *On ne trompe pas une femme en lui laissant croire qu'on sera augmenté alors que ce n'est pas vrai...*

« *On ne se permet pas de prendre une femme à un homme comme Couchet, capable de gagner des millions...*

« *Les fonctionnaires sont des lâches... Il faut*

travailler par soi-même, avoir le goût du risque, de l'initiative, si on veut arriver à quelque chose... »

Pauvre Martin, avec ses gants, son pardessus mastic, ses moustaches collées par le cosmétique! Maigret pouvait imaginer toutes les phrases qu'on lui lançait à la tête, en pluie fine ou en averse.

Il avait fait ce qu'il avait pu, pourtant! Avant lui, c'était Couchet qui recevait les mêmes reproches. Et on devait lui dire :

« *Regarde M. Martin! Voilà un homme intelligent! Et il pense qu'il aura peut-être une femme, un jour! Elle recevra une pension s'il lui arrive quelque chose! Tandis que toi...* »

Tout cela avait l'air d'une charge sinistre! Mme Martin s'était trompée, avait été trompée, avait trompé tout le monde!

Il y avait une erreur épouvantable à la base!

La fille du confiseur de Saint-Maur voulait de l'argent! Ça, c'était un point établi! C'était une nécessité! Elle le sentait! Elle était née pour avoir de l'argent et, par conséquent, c'était à son mari d'en gagner!

Couchet n'en gagnait pas assez? Et elle n'aurait même pas une pension s'il mourrait?

Elle épousait Martin! Voilà!

Seulement, c'était Couchet qui devenait riche à millions, quand il était trop tard! Et il n'y avait rien à faire pour donner des ailes à Martin, rien à faire pour le décider à quitter l'Enregistrement et à vendre, lui aussi, des sérums ou quelque chose qui rapporte!

Elle était malheureuse! Elle avait toujours été malheureuse! La vie s'amusait à la tromper odieusement!

Les yeux glauques de la vieille Mathilde étaient fixés sur Maigret, glauques comme des méduses.

« Son fils venait la voir?

— Quelquefois.

— Elle lui faisait des scènes aussi? »

A croire que la vieille attendait cette heure-là depuis des années! Elle ne se pressait pas! Elle avait le temps, elle!

« Elle lui donnait des conseils :

« *Ton père est riche! Il devrait être honteux de ne pas te faire une situation plus brillante! Tu n'as même pas d'auto... Et sais-tu pourquoi? A cause de cette femme qui l'a épousé pour son argent! Car elle ne l'a épousé que pour ça!...*

« *Sans compter que Dieu sait ce qu'elle te prépare pour plus tard... Est-ce que seulement tu toucheras quelque chose de la fortune qui te revient?...*

« *C'est pourquoi tu devrais lui soutirer de l'argent maintenant, le mettre de côté dans un endroit sûr...*

« *Je te le garderai, moi, si tu veux... Dis! Veux-tu que je te le garde?...* »

Et Maigret, en observant le plancher sale, réfléchissait, le front dur.

Il croyait reconnaître, dans cette salade de sentiments, un sentiment qui dominait, qui avait peut-être entraîné tous les autres : l'inquiétude! Une inquiétude morbide, maladive, frisant la folie...

Mme Martin parlait toujours de ce qui pourrait arriver : la mort du mari, la misère s'il ne lui laissait pas une pension... Elle en avait peur pour son fils!...

C'était un cauchemar, une hantise.

« Qu'est-ce que Roger répondait?

— Rien! Il ne restait jamais longtemps! Il devait avoir mieux à faire ailleurs...

— Il est venu le jour du crime?

— Je ne sais pas. »

Et la folle, dans son coin, aussi vieille que Mathilde, regardait toujours le commissaire en souriant d'un sourire engageant.

« Est-ce que les Martin ont eu une conversation plus intéressante que d'habitude?

— Je ne sais pas.

— Est-ce que Mme Martin est descendue, vers huit heures du soir?

— Je ne m'en souviens plus! Je ne peux pas être tout le temps dans le corridor. »

Était-ce de l'inconscience, de l'ironie transcendante? En tout cas, elle tenait quelque chose en réserve. Maigret le sentait. Tout le pus n'était pas sorti!

« Le soir, ils se sont disputés...

— Pourquoi?

— Je ne sais pas.

— Vous n'avez pas écouté? »

Elle ne répondit pas. Son expression de physionomie signifiait :

« Cela me regarde!

— Qu'est-ce que vous savez encore?

— Je sais pourquoi elle est malade! »

Et ça, c'était le triomphe! Les mains frémissaient, toujours jointes sur le ventre. Le point culminant de toute une carrière!

« Pourquoi? »

Cela demandait à être savouré.

« Parce que... Attendez que je demande à ma sœur si elle n'a besoin de rien... Fanny, tu n'as pas soif?... Faim?... Pas trop chaud?... »

Le petit poêle de fonte était tout rouge. La vieille flottait dans la pièce, glissant sur les semelles de feutre qui ne faisaient pas le moindre bruit.

« Parce que?

— Parce qu'il n'a pas rapporté l'argent! »

Elle épela cette phrase et la fit suivre d'un silence définitif. C'était fini! Elle renonçait à parler! Elle en avait assez dit.

« Quel argent? »

Peine perdue! Elle ne répondit à aucune question.

« Cela ne me regarde pas! J'ai entendu cela!

Vous en ferez ce que vous voudrez... Maintenant, il est temps que je soigne ma sœur... »

Il s'en alla, laissant les deux vieilles se livrer à Dieu sait quels soins.

Il en était malade. Il en avait le cœur retourné, comme par le mal de mer.

« *Il n'a pas rapporté l'argent...* »

Est-ce que cela pouvait s'expliquer? Martin se décidait à voler le premier mari, peut-être pour ne plus s'entendre reprocher sa médiocrité. Elle le voyait par la fenêtre. Il sortait, avec les trois cent soixante billets...

Seulement, quand il revenait, il ne les avait plus! Les avait-il mis en lieu sûr? S'était-il fait voler à son tour? Ou bien avait-il été pris de peur et s'était-il débarrassé de cet argent en le jetant dans la Seine?

Est-ce qu'il avait tué? Lui, le médiocre petit M. Martin en pardessus mastic?

Tout à l'heure, il avait voulu parler. Sa lassitude était bien celle d'un homme coupable qui ne se sent plus la force de se taire, qui préfère la prison immédiate à l'angoisse de l'attente.

Mais pourquoi était-ce sa femme qui était malade?

Et surtout pourquoi était-ce Roger qui se tuait?

Et tout cela n'était-il pas créé par l'imagination de Maigret? Pourquoi ne pas soupçonner

Nine, ou Mme Couchet, ou même le colonel?...

Le commissaire, qui descendait lentement l'escalier, se heurta à M. de Saint-Marc, qui se retourna.

« Tiens! C'est vous... »

Il lui tendit une main condescendante.

« Du nouveau?... Vous croyez qu'on en sortira?... »

Et le cri de la folle, là-haut, que sa sœur devait avoir abandonnée pour aller prendre sa faction derrière quelque porte!

***

Un bel enterrement. Beaucoup de monde. Des gens très bien. Surtout la famille de Mme Couchet et les voisins du boulevard Haussmann.

Il n'y avait guère que la sœur de Couchet à détonner au premier rang, bien qu'elle eût fait l'impossible pour être élégante. Elle pleurait. Elle avait surtout une façon bruyante de se moucher qui lui valait chaque fois un regard courroucé de la belle-mère du mort.

Tout de suite derrière la famille, le personnel des Sérums.

Et, avec les employés, la vieille Mathilde, très digne, sûre d'elle, de son droit d'être là.

La robe noire qu'elle portait ne devait servir qu'à cela : suivre les enterrements! Son regard croisa celui de Maigret. Et elle daigna lui adresser un léger signe de tête.

Les chants d'orgues déferlaient, la basse du chantre, le fausset du diacre : *Et ne nos inducat in tentationem...*

Bruits de chaises remuées. Le catafalque était haut, et pourtant il disparaissait sous les fleurs et les couronnes.

« *Les locataires du 61, place des Vosges.* »

Mathilde avait dû mettre sa part. Est-ce que les Martin avaient inscrit leur nom sur la liste de souscription, eux aussi?

On ne voyait pas Mme Martin. Elle était encore au lit.

« *Libera nos, domine...* »

L'absoute. La fin. Le maître des cérémonies qui dirigeait lentement la tête du cortège. Maigret, dans un coin, près d'un confessionnal, découvrait Nine dont le petit nez était tout rouge sans qu'elle prit la peine de lui donner un coup de houppette.

« C'est terrible, n'est-ce pas? dit-elle.

— Qu'est-ce qui est terrible?

— Tout! Je ne sais pas! Cette musique... Et cette odeur de chrysanthèmes... »

Elle se mordait la lèvre inférieure pour arrêter un sanglot.

« Vous savez... J'ai beaucoup pensé... Eh bien, il m'arrive de me dire qu'il se doutait de quelque chose...

— Vous allez au cimetière?

— Qu'est-ce que vous en pensez? On pourrait me voir, n'est-ce pas?... Il vaut peut-être mieux que je n'y aille pas... Pourtant, je voudrais tant savoir où on le met...

— Il suffira de le demander au gardien.

— Oui... »

Ils chuchotaient. Les pas des derniers assistants mouraient de l'autre côté de la porte. Des voitures se mettaient en marche.

« Vous disiez qu'il se doutait?...

— Peut-être pas qu'il mourrait de cette façon-là... Mais il savait qu'il n'en avait plus pour longtemps... Il avait une maladie de cœur assez grave... »

On sentait qu'elle s'était tracassée, que des heures et des heures durant son esprit ne travaillait que sur un seul objet.

« Des mots qu'il disait et qui me reviennent...

— Il avait peur?...

— Non! Plutôt le contraire... Quand par hasard on parlait de cimetière, il répliquait en riant : « Le seul endroit où on soit tranquille... Un bon petit coin au Père-Lachaise... »

— Il plaisantait beaucoup?

— Surtout quand il n'était pas gai... Vous comprenez?... Il n'aimait pas laisser voir qu'il avait des soucis... A ces moments-là, il cherchait un motif quelconque de se remuer, de rire...

— Quand il parlait de sa première femme, par exemple!

— Il ne m'en parlait jamais.

— Et de la seconde?

— Non! Il ne parlait pas de quelqu'un en particulier... Il parlait des hommes en général... Il trouvait que ce sont de drôles de petits animaux... Si un garçon de restaurant le volait, il le regardait d'un air plus affectueux que les autres... « *Une canaille!* » disait-il. Et il prononçait ce mot-là d'un air amusé, content! »

Il faisait froid. Un temps de Toussaint. Maigret et Nine n'avaient rien à faire dans ce quartier de Saint-Philippe-du-Roule.

— Au Moulin-Bleu, ça va?

— Ça va!

— J'irai vous dire bonjour un de ces soirs... »

Maigret lui serrait la main, sautait sur la plate-forme d'un autobus.

Il avait besoin d'être seul, de penser, ou plutôt de laisser vagabonder son esprit. Il imaginait le cortège qui arriverait bientôt au cimetière... Mme Couchet... Le colonel... Le frère... Les gens qui devaient parler de l'étrange testament...

« Qu'est-ce qu'ils fricotaient autour des poubelles?... »

Car c'était là le nœud du drame. Martin avait tourné autour des boîtes à ordures sous prétexte de chercher un gant qu'il n'avait pas trouvé et que, pourtant, il portait le lendemain matin. Mme Martin avait fouillé dans les ordures, elle aussi, en parlant d'une cuiller en argent jetée par mégarde...

« *...parce qu'il n'est pas revenu avec l'argent...* » disait la vieille Mathilde.

Au fait, cela devait être gai, à cette heure, place des Vosges! La folle, qui était seule, ne hurlait-elle pas comme d'habitude?

L'autobus, complet, brûlait les arrêts. Quelqu'un, tout contre Maigret, disait à son voisin :

« Tu as lu l'histoire des billets de mille?

— Non! Qu'est-ce que c'est?

— J'aurais bien voulu être là... Au barrage de Bougival!... Avant-hier matin... Des billets de mille francs qui se baladaient au fil du courant... C'est un marinier qui les a vus le premier et qui est parvenu à en repêcher quelques-uns... Mais l'éclusier s'est aperçu de l'histoire... Il a fait chercher la police... Si bien qu'un agent surveillait les pêcheurs de galette...

— Sans blague? Ça n'a pas dû les empêcher d'en mettre un peu à gauche...

— Le journal dit qu'on a retrouvé une trentaine de billets, mais qu'il devait y en avoir beaucoup plus, car, à Mantes, on en a pêché deux aussi... Hein! Les billets qui se baladent tout le long de la Seine!... C'est mieux que du goujon... »

Maigret ne bronchait pas. Il avait une tête de plus que les autres. Son visage était placide.

« *...parce qu'il n'est pas revenu avec l'argent...* »

Alors, c'était ça? Le petit M. Martin, pris de peur ou de remords au souvenir de son crime? Martin qui avouait s'être promené ce soir-là dans l'île Saint-Louis pour chasser ses névralgies!...

Maigret esquissa quand même un sourire, parce qu'il imaginait Mme Martin qui avait tout vu de sa fenêtre et qui attendait.

Son mari rentrait, las, abattu. Elle suivait ses faits et gestes. Elle attendait de voir les billets, peut-être de les compter...

Il se déshabillait. Il s'apprêtait à se coucher.

N'était-ce pas elle qui allait ramasser ses vêtements pour fouiller les poches?

L'inquiétude naissait. Elle regardait Martin aux moustaches lugubres.

« *Le... la... l'argent?...*

— *Quel argent?...*

— *A qui l'as-tu donné?... Réponds!... N'essaie pas de mentir...* »

Et Maigret, en descendant de l'autobus, au Pont-Neuf, d'où il apercevait les fenêtres de son bureau, se surprit à prononcer à mi-voix :

« Je parie que, dans son lit, Martin s'est mis à pleurer!... »

10

PIÈCES D'IDENTITÉ

CELA commença à Jeumont. Il était onze heures du soir. Quelques voyageurs de troisième classe se dirigeaient vers les locaux de la douane, tandis que les douaniers commençaient l'inspection des wagons de seconde et de première.

Des gens minutieux préparaient leur valise d'avance, étalaient des objets sur la banquette. C'était le cas d'un homme aux yeux inquiets, en deuxième classe, dans un compartiment où il n'y avait en outre qu'un vieux ménage belge.

Ses bagages constituaient un modèle d'ordre et de prévoyance. Les chemises, pour éviter qu'elles se salissent, étaient enveloppées dans des journaux. Il y avait douze paires de manchettes, des caleçons chauds et des caleçons d'été, un réveille-matin, des souliers et une paire de pantoufles fatiguées.

Dans l'arrangement, on sentait une main de femme. Pas une place n'était perdue. Rien ne pouvait se friper. Un douanier remuait ces choses d'une main négligente, en observant l'homme en pardessus mastic qui avait bien la tête à posséder de telles valises.

« Ça va ! »

Une croix à la craie sur les bagages.

« Rien à déclarer, vous autres ?

— Pardon ! demanda l'homme, où commence exactement la Belgique ?

— Vous voyez la première haie, là-bas ? Non ! Vous ne voyez rien ! Mais tenez... Comptez les lampes... La troisième à gauche... Eh bien, c'est la frontière... »

Une voix dans le couloir, répétant devant chaque porte :

« Préparez les passeports, cartes d'identité ! »

Et l'homme en pardessus mastic faisait des efforts pour remettre ses valises dans le filet.

« Passeport ? »

Il se retourna, vit un jeune homme coiffé de gris.

« Français ?... Votre carte d'identité, alors... »

Cela prit quelques instants. Les doigts fouillaient le portefeuille.

« Voici, monsieur !

— Bon ! Martin Edgar-Émile... C'est bien ça !... Suivez-moi...

— Où ?...

— Vous pouvez emporter vos valises...

— Mais... le train... »

Les deux Belges le regardaient maintenant avec effroi, flattés quand même d'avoir voyagé avec un malfaiteur. M. Martin, les prunelles écarquillées, montait sur la banquette pour reprendre ses sacs de voyage.

« Je vous jure... Qu'est-ce que... ?

— Dépêchez-vous... Le train va repartir... »

Et le jeune homme chapeauté de gris fit rouler la plus lourde des valises sur le quai. Il faisait noir. Dans le halo des lampes, des gens couraient, revenant du buffet. Coup de sifflet. Une femme discutait avec les douaniers qui ne la laissaient pas repartir.

« On verra ça demain matin... »

Et M. Martin suivait le jeune homme en portant péniblement ses bagages. Jamais il n'avait imaginé un quai de gare aussi long. C'était une vraie piste, interminable, déserte, bordée de portes mystérieuses.

Enfin, on poussa la dernière.

« Entrez ! »

C'était sombre. Rien qu'une lampe à abat-jour vert, suspendue si bas, au-dessus de la table, qu'elle n'éclairait que quelques papiers. Pourtant quelque chose remuait au fond de la pièce.

« Bonjour, monsieur Martin !... » fit une voix cordiale.

Et une énorme silhouette se détacha de l'ombre : le commissaire Maigret, engoncé dans son lourd pardessus à col de velours, les mains dans les poches.

« Pas la peine de vous débarrasser. Nous reprenons le train de Paris, qui va arriver sur la troisième voie... »

Cette fois, c'était certain! Martin pleurait, en silence, les mains immobilisées par ses valises si bien arrangées.

***

L'inspecteur qui avait été mis en faction, 61, place des Vosges, avait téléphoné à Maigret, quelques heures plus tôt :

« Notre homme est en train de filer... Il a pris un taxi et s'est fait conduire à la gare du Nord...

— Laissez filer... Continuez à surveiller la femme... »

Et Maigret avait pris le même train que Martin. Il avait voyagé dans le compartiment voisin, avec deux sous-officiers qui, tout le long du chemin, avaient raconté des histoires galantes.

De temps en temps, le commissaire collait son œil au petit judas qui séparait les compartiments, apercevait un Martin lugubre.

Jeumont... Carte d'identité... Bureau du commissaire spécial.

Maintenant, ils revenaient tous les deux à Paris, dans un compartiment réservé. Martin n'avait pas de menottes aux poignets. Ses valises étaient dans le filet au-dessus de sa tête, et l'une d'elles, mal équilibrée, menaçait de lui tomber dessus.

A Maubeuge, Maigret n'avait pas encore posé une seule question.

C'était hallucinant! Il était calé dans son coin, la pipe aux dents. Il n'arrêtait pas de fumer, en regardant son compagnon de ses petits yeux amusés.

Dix fois, vingt fois, Martin avait ouvert la bouche sans se décider à parler. Dix fois, vingt fois, le commissaire n'y avait même pas pris garde.

Cela finit pourtant par se produire : une voix impossible à décrire, que Mme Martin elle-même n'eût sans doute pas reconnue.

« C'est moi... »

Et Maigret ne parlait toujours pas. Ses prunelles semblaient dire :

« Vraiment?

— Je... J'espérais passer la frontière... »

Il y a une façon de fumer qui est crispante pour celui qui regarde le fumeur : à chaque bouffée, les lèvres s'entrouvrent voluptueusement, avec un petit « poc ». Et la fumée n'est pas lancée en avant, mais s'échappe avec lenteur, forme un nuage autour du visage.

Maigret fumait ainsi et sa tête allait de droite

à gauche et de gauche à droite au rythme des boggies.

Martin se penchait, les mains douloureuses dans les gants, les yeux pleins de fièvre.

« Est-ce que vous croyez que ce sera long? Non, n'est-ce pas? puisque j'avoue... Car j'avoue tout... »

Comment faisait-il pour ne pas sangloter? Tous ses nerfs devaient lui faire un mal atroce. Et ses yeux, de temps en temps, devenaient suppliants, disaient clairement à Maigret :

« Aidez-moi donc!... Vous voyez bien que je suis à bout de forces... »

Mais le commissaire ne bougeait pas. Il était aussi placide, avec le même regard curieux mais sans passion, que dans un jardin zoologique, devant la cage d'un animal exotique.

« Couchet m'a surpris... Alors... »

Et Maigret soupira. Un soupir qui ne voulait rien dire, ou plutôt qui pouvait être interprété de cent façons différentes.

Saint-Quentin! Des pas dans le couloir. Un gros voyageur essaya d'ouvrir la porte du compartiment, s'aperçut qu'elle était fermée, resta un instant à regarder à l'intérieur, le nez écrasé contre la glace, et se résigna enfin à chercher une autre place.

« Puisque j'avoue tout, n'est-ce pas?... Ce n'est pas la peine de nier... »

Exactement comme s'il eût parlé à un sourd,

ou à un homme ne comprenant pas un traître mot de français. Maigret bourrait sa pipe, avec de minutieux coups d'index.

« Vous avez des allumettes ?

— Non... Je ne fume pas... Vous le savez bien... C'est ma femme qui n'aime pas l'odeur du tabac... Je voudrais que ce soit vite fait, comprenez-vous ?... Je le dirai à l'avocat que je vais être obligé de choisir... Pas de complications !... J'avoue tout... J'ai lu dans le journal qu'on a retrouvé une partie des billets... Je ne sais pas pourquoi j'ai fait ça... De les sentir dans ma poche, il me semblait que tout le monde, dans la rue, me regardait... J'ai d'abord pensé à les cacher quelque part... mais pour quoi faire ?...

« J'ai marché le long du quai... Il y avait des péniches... Je craignais d'être vu par un marinier...

« Alors j'ai franchi le pont Marie et, dans l'île Saint-Louis, j'ai pu me débarrasser du paquet... »

Le compartiment était chauffé à blanc. La buée ruisselait sur les vitres. La fumée de pipe s'étirait autour de la lampe.

« J'aurais dû tout vous avouer la première fois que je vous ai vu... Je n'en ai pas eu le courage... J'ai espéré que... »

Martin se tut, regarda curieusement son compagnon qui avait entrouvert la bouche et fermé les yeux. Une respiration égale comme le ronron d'un gros chat satisfait !

Maigret dormait !

L'autre eut un regard vers la portière qu'il suffisait de pousser. Et, comme pour échapper à la tentation, il se blottit dans un coin, serrant les fesses, ses deux mains affolées sur ses genoux maigres.

***

La gare du Nord. Un matin gris. Et la foule de banlieue, mal éveillée, franchissant les portes en troupeau.

Le train s'était arrêté très loin du hall. Les valises étaient lourdes. Martin ne voulait pas s'arrêter. Il était à bout de souffle et ses deux bras lui faisaient mal.

Il fallut attendre assez longtemps un taxi.

« Vous me conduisez en prison ? »

Ils avaient passé cinq heures en train et Maigret n'avait pas prononcé dix phrases. Et encore ! Des phrases qui n'avaient trait ni au crime ni aux trois cent soixante mille francs ! Il parlait de sa pipe, ou de la chaleur, ou de l'heure d'arrivée.

« 61, place des Vosges ! » dit-il au chauffeur.

Martin supplia :

« Vous croyez que c'est nécessaire que... »

Et pour lui-même :

« Qu'est-ce qu'ils doivent penser, au bureau!... Je n'ai pas eu le temps de prévenir... »

Dans sa loge, la concierge triait le courrier : un gros tas de lettres pour les Sérums du docteur Rivière; un tout petit tas pour le reste de la maison.

« Monsieur Martin!... Monsieur Martin!... On est venu de l'Enregistrement pour demander si vous étiez malade... Il paraît que vous avez la clef de... »

Maigret entraînait son compagnon. Et celui-ci devait trimbaler ses lourdes valises dans l'escalier où il y avait des boîtes à lait et du pain frais devant les portes.

Celle de la vieille Mathilde bougea.

« Donnez-moi la clef.

— Mais...

— Ouvrez vous-même. »

Un silence profond. Le cliquetis du pène. Puis on vit la salle à manger en ordre, avec chaque objet à sa place exacte.

Martin hésita longtemps avant de prononcer à voix haute :

« C'est moi!... Et le commissaire... »

Quelqu'un bougea, dans le lit de la chambre voisine. Martin, qui refermait la porte, gémit :

« Nous n'aurions pas dû... Elle n'y est pour rien, n'est-ce pas?... Et dans son état... »

Il n'osait pas entrer dans la chambre. Par

contenance, il ramassa ses valises qu'il posa sur deux chaises.

« Voulez-vous que je fasse du café? »

Maigret frappait à la porte de la chambre à coucher.

« On peut entrer? »

Pas de réponse. Il poussa l'huis, reçut en plein visage le regard fixe de Mme Martin qui était couchée, immobile, les cheveux sur des épingles.

« Excusez-moi de vous déranger... Je vous ai ramené votre mari, qui a eu le tort de s'affoler. »

Martin était derrière lui. Il le sentait, mais il ne pouvait pas le voir.

Des pas résonnaient dans la cour, et des voix, surtout des voix de femme : le personnel des bureaux et des laboratoires qui arrivait. Il était neuf heures moins une.

Un cri étouffé de la folle, à côté. Des médicaments sur la table de nuit.

« Vous vous sentez plus mal? »

Il savait bien qu'elle ne répondrait pas, qu'elle se tiendrait, en dépit de tout, sur la même réserve farouche.

On eût dit qu'elle avait peur d'un mot, d'un seul! Comme si un mot eût pu déchaîner des catastrophes!

Elle avait maigri. Son teint était devenu plus terne. Mais les yeux, eux, ces étranges prunelles grises, gardaient leur vie propre, ardente, volontaire.

Martin entrait, les jambes molles. Par toute son attitude, il semblait s'excuser, demander pardon.

Les yeux gris se tournèrent lentement vers lui, glacés, si durs qu'il détourna la tête en balbutiant :

« C'est à la gare de Jeumont... Une minute de plus et j'étais en Belgique... »

Il eût fallu des mots, des phrases, du bruit pour meubler tout ce vide que l'on sentait autour de chaque personnage. Un vide qui était palpable, au point que les voix résonnaient comme dans un tunnel ou dans une grotte.

Mais on ne parlait pas. On articulait péniblement quelques syllabes, avec des regards anxieux, puis le silence retombait à la façon implacable d'un brouillard.

Il se passait quelque chose, pourtant. Quelque chose de lent, de sournois : une main qui glissait sous la couverture, s'élevait en un mouvement insensible jusqu'à l'oreiller.

Une main maigre et moite de Mme Martin. Maigret, tout en regardant ailleurs, suivait ses progrès, attendait le moment où cette main atteindrait enfin son but.

« Le docteur ne doit pas venir ce matin?

— Je ne sais pas... Est-ce que quelqu'un

s'occupe de moi?... Je suis ici comme une bête qu'on laisse mourir... »

Mais l'œil devenait plus clair parce que la main touchait enfin l'objet convoité.

Un froissement à peine perceptible de papier.

Maigret fit un pas en avant, saisit Mme Martin au poignet. Elle paraissait sans force, presque sans vie. N'empêche que, d'une seconde à l'autre, elle fit preuve d'une vigueur inouïe.

Ce qu'elle tenait, elle ne voulait pas le lâcher. Assise sur son lit, elle se défendait rageusement. Elle approchait sa main de sa bouche. Elle déchirait avec les dents la feuille blanche qu'elle étreignait.

« Lâchez-moi!... Lâchez-moi ou je crie!... Et toi?... Tu le laisses faire?...

— Monsieur le commissaire... Je vous en supplie... » gémissait Martin.

Il tendait l'oreille. Il craignait de voir accourir les locataires. Il n'osait pas intervenir.

« Brute!... Sale brute!... Battre une femme! »

Non! Maigret ne la battait pas. Il se contentait de lui maintenir la main, en serrant peut-être le poignet un peu fort, pour empêcher la femme de détruire le papier.

« Vous n'avez pas honte!... Une femme à la mort... »

Une femme qui déployait une énergie comme Maigret en avait rarement rencontrée dans sa carrière de policier! Son chapeau melon tomba sur le lit. Elle mordit soudain le commissaire au poignet.

Mais elle ne pouvait pas rester longtemps avec les nerfs aussi tendus et il parvint à écarter les doigts, tandis qu'elle poussait un gémissement de douleur.

Maintenant elle pleurait. Elle pleurait sans pleurer, de dépit, de rage, peut-être aussi pour avoir une attitude?

« Et toi, tu l'as laissé faire... »

Le dos de Maigret était trop large pour la chambre exiguë. Il semblait remplir tout l'espace, intercepter la lumière.

Il s'approchait de la cheminée, déployait la feuille dont les bouts manquaient, parcourait des yeux un texte dactylographié, surmonté d'un en-tête.

Maîtres Laval et Piollet
du Barreau de Paris
Avocats-Conseils
Contentieux

A droite, en rouge, la mention : *Affaire Couchet et Martin. Consultation du 18 novembre.*

Deux pages de texte serré, à un interligne. Maigret n'en lisait que des bribes, à mi-voix, et on entendait les machines à écrire crépiter dans les bureaux des Sérums Rivière.

« Vu la loi du...

« Étant donné que la mort de Roger Couchet est postérieure à celle de son père...

« ... qu'aucun testament ne peut frustrer un fils légitime de la part à laquelle il a droit...

« ... que le second mariage du testataire avec la dame Dormoy a eu lieu sous le régime de la communauté des biens...

« ... que l'héritier naturel de Roger Couchet est sa mère...

« ... avons l'honneur de vous confirmer que vous êtes en droit de revendiquer la moitié de la fortune laissée par Oscar Couchet, tant biens meubles qu'immeubles... que, d'après nos renseignements particuliers, nous évaluons, sous réserve d'erreur, à la somme de cinq millions environ, la valeur de la maison connue sous le nom « Sérums du Dr Rivière » étant portée dans cette évaluation pour trois millions...

« ...

« Nous tenons à votre entière disposition pour tous actes nécessaires à l'annulation du testament et...

« ...

« Vous confirmons que sur les sommes ainsi recouvrées nous retiendrons une commission de dix pour cent (10 %) *pour frais de... »*

***

Mme Martin avait cessé de pleurer. Elle était recouchée et son froid regard fixait à nouveau le plafond.

Martin se tenait dans l'embrasure de la porte, plus dérouté que jamais, ne sachant que faire de ses mains, de ses yeux, de tout son corps.

« Il y a un *post-scriptum!* » murmura le commissaire pour lui-même.

Ce post-scriptum était précédé de la mention : « *Strictement confidentiel.* »

« *Nous croyons savoir que Mme Couchet, née Dormoy, est disposée, elle aussi, à attaquer le testament.*

« *D'autre part, nous nous sommes renseignés sur la troisième bénéficiaire, Nine Moinard.*

« *C'est une femme aux mœurs douteuses, qui n'a encore pris aucune disposition pour revendiquer ses droits.*

« *Etant donné qu'elle est actuellement sans ressources, il nous paraît que le plus expéditif est de lui offrir une somme quelconque à titre de dédommagement.*

« *Nous évaluons, quant à nous, cette somme à vingt mille francs, ce qui est susceptible de séduire une personne dans la situation de Mlle Moinard.*

« *Nous attendons votre décision à ce sujet.* »

Maigret avait laissé éteindre sa pipe. Il repliait lentement le papier, le glissait dans son portefeuille.

Autour de lui, c'était le silence le plus absolu. Martin en arrivait à retenir son souffle. Sa femme, sur le lit, le regard fixe, avait déjà l'air d'une morte.

Deux millions cinq cent mille francs... murmura le commissaire. Moins les vingt mille francs à donner à Nine pour qu'elle se montre accommodante... Il est vrai que Mme Couchet en mettra sans doute la moitié... »

Il eut la certitude qu'un sourire de triomphe, à peine dessiné, mais éloquent, glissait sur les lèvres de la femme.

« C'est une somme!... Dites donc, Martin... »

Celui-ci tressaillit, essaya de se mettre sur la défensive.

« Combien pensez-vous avoir?... Je ne parle pas d'argent. Je parle de la condamnation. Vol. Assassinat. Peut-être établira-t-on la préméditation... A votre avis? Pas d'acquittement, bien sûr, puisqu'il ne s'agit pas d'un crime passionnel... Ah! si seulement votre femme avait renoué des relations avec son ancien mari... Mais ce n'est pas le cas... Affaire d'argent, rien que d'argent... Dix ans?... Vingt ans?... Voulez-vous mon avis?...

« Remarquez qu'on ne peut jamais deviner la décision des juges populaires...

« N'empêche qu'il y a des précédents... Eh bien ! on peut dire qu'en général, s'ils sont indulgents pour les drames d'amour, ils se montrent d'une sévérité extrême pour ces affaires d'intérêt... »

On eût dit qu'il parlait pour parler, pour gagner du temps.

« C'est compréhensible ! Ce sont des petits-bourgeois, des commerçants... Ils croient n'avoir rien à craindre de maîtresses qu'ils n'ont pas ou dont ils sont sûrs... Mais ils ont tout à craindre des voleurs... Vingt ans ?... Eh bien, non !... Moi je penche pour la tête... »

Martin ne bougeait plus. De lui et de sa femme, c'était maintenant lui le plus livide. Au point qu'il dut se retenir au chambranle de la porte.

« Seulement, Mme Martin sera riche... Elle est à l'âge où l'on sait jouir de la vie et de la fortune... »

Il s'approcha de la fenêtre.

« A moins que cette fenêtre... C'est la pierre d'achoppement... On ne manquera pas de faire remarquer que d'ici on pouvait tout voir... Tout, vous m'entendez !... Et c'est grave !... Parce que cela pourrait indiquer une idée de complicité... Or, dans le Code, il y a un petit texte qui empêche l'assassin, même acquitté, d'hériter de la victime... Pas seulement l'assassin... Les complices... Vous voyez l'importance que prend cette fenêtre... »

Ce n'était plus le silence autour de lui. C'était quelque chose de plus absolu, de plus inquiétant, presque d'irréel : une absence totale de toute vie.

Et, brusquement, une question :

« Dites-moi, Martin ! Qu'est-ce que vous avez fait du revolver ?... »

Un frémissement de vie dans le corridor : la vieille Mathilde, évidemment, avec sa face lunaire, son ventre mou sous le tablier à carreaux.

La voix aiguë de la concierge, dans la cour.

« Madame Martin !... C'est Dufayel !... »

Maigret s'assit dans une bergère qui oscilla, mais ne se brisa pas tout de suite.

11

LE DESSIN SUR LE MUR

« RÉPONDEZ!... Ce revolver... »

Il suivit le regard de Martin et s'aperçut que Mme Martin, qui avait toujours le regard braqué vers le plafond, remuait les doigts sur le mur.

Le pauvre Martin faisait des efforts inouïs pour comprendre ce qu'elle voulait lui dire. Il s'impatientait. Il voyait que Maigret attendait.

« Je... »

Que pouvait bien signifier ce carré, ou ce trapèze qu'elle esquissait de son doigt maigre?

« Eh bien? »

A ce moment, Maigret en eut vraiment pitié. La minute dut être terrible. Martin pantelait d'impatience.

« Je l'ai lancé dans la Seine... »

Le sort en était jeté! Pendant que le commissaire tirait le revolver de sa poche, le posait sur la table, Mme Martin se dressait sur son lit, avec un visage de furie.

« Moi, j'ai fini par le retrouver dans la poubelle... » disait Maigret.

Et la voix sifflante de la femme, qui avait la fièvre :

« Là!... Comprends-tu, maintenant?... Es-tu content?... Tu as raté l'occasion, une fois de plus, comme tu as toujours raté l'occasion!... A croire que tu l'as fait exprès, par crainte d'aller en prison... Mais tu iras quand même!... Car le vol, c'est toi!... Les trois cent soixante billets que monsieur a jetés dans la Seine... »

Elle était effrayante. On comprenait qu'elle s'était trop contenue. La détente était brutale. Et son exaltation était telle que parfois plusieurs mots se présentaient en même temps à ses lèvres, qu'elle embrouillait les syllabes...

Martin baissait la tête. Son rôle était terminé. Comme sa femme le lui reprochait, il avait échoué lamentablement.

« ... Monsieur se met en tête de voler, mais il laisse son gant sur la table... »

Tous les griefs de Mme Martin allaient y passer, en vrac, en désordre.

Maigret entendit derrière lui la voix humble de l'homme au pardessus mastic.

« Il y avait des mois qu'elle me montrait le bureau par la fenêtre, Couchet qui avait l'habitude de se rendre aux lavabos... Et elle me reprochait de faire le malheur de sa vie, d'être incapable de nourrir une femme... J'y suis allé...

— Vous lui avez dit que vous y alliez?

— Non! Mais elle le savait bien. Elle était à la fenêtre...

— Et de loin vous avez vu le gant que votre mari oubliait, madame Martin?

— Comme il aurait laissé sa carte de visite! A croire qu'il voulait me faire enrager...

— Vous avez pris votre revolver et vous êtes allée là-bas... Couchet est rentré alors que vous étiez dans le bureau... Il a cru que c'était vous qui aviez volé...

— Il a voulu me faire arrêter, oui! Voilà ce qu'il a voulu faire! Comme si ce n'était pas grâce à moi qu'il est devenu riche!... Qui est-ce qui le soignait, au début, quand il gagnait à peine de quoi manger du pain sans beurre?... Et tous les hommes sont les mêmes!... Il a été jusqu'à me reprocher d'habiter la maison où il avait ses bureaux... Il m'a accusé de partager avec mon fils l'argent qu'il lui donnait...

— Et vous avez tiré?

— Il avait déjà décroché le téléphone pour appeler la police!

— Vous vous êtes dirigée vers les poubelles. Sous prétexte d'y chercher une petite cuiller, vous avez enfoui le revolver dans les ordures... Qui avez-vous rencontré alors?... »

Elle cracha :

« Le vieil imbécile du premier...

— Personne d'autre?... Je croyais que votre fils était venu... Il n'avait plus d'argent...

— Et puis après?...

— Il ne venait pas pour vous, mais pour son père, n'est-ce pas? Seulement vous ne pouviez pas le laisser aller jusqu'au bureau, où il aurait découvert le cadavre... Vous étiez dans la cour, tous les deux... Qu'est-ce que vous avez dit à Roger?

— Qu'il s'en aille... Vous ne pouvez pas comprendre un cœur de mère...

— Et il est parti... Votre mari est rentré... Il n'a été question de rien entre vous deux... Est-ce bien cela?... Martin pensait aux billets qu'il avait fini par jeter dans la Seine, parce qu'au fond c'est un pauvre bougre de brave homme...

— Pauvre bougre de brave homme! répéta Mme Martin avec une rage inattendue. Ha! ha!... Et moi?... Moi qui ai toujours été malheureuse...

— Martin ne sait pas qui a tué... Il se couche. Un jour passe sans que vous parliez de rien... Mais, la nuit suivante, vous vous relevez pour fouiller les vêtements qu'il a retirés... Vous cherchez en vain les billets... Il vous regarde... Vous le questionnez... Et c'est la crise de rage que la vieille Mathilde a entendue derrière la porte... Vous avez tué pour rien!... Cet imbécile de Martin a jeté les billets!... Une fortune dans la Seine, faute de cran!... Vous en êtes malade...

La fièvre vous prend... Martin, lui, qui ignore que vous avez tué, est allé annoncer la nouvelle à Roger...

« Et celui-là a compris... Il vous a vue dans la cour... Vous l'avez empêché d'avancer... Il vous connaît...

« Il croit que je le soupçonne... Il s'imagine qu'on va l'arrêter, l'accuser... Et il ne peut pas se défendre sans accuser sa mère...

« Ce n'est peut-être pas un garçon sympathique... Mais sans doute, son genre de vie a-t-il quelques excuses... Il est écœuré... Écœuré des femmes avec qui il couche, des drogues, du Montmartre où il traîne et, par-dessus tout, de ce drame de famille dont il est seul à deviner tous les ressorts...

« Il saute par la fenêtre! »

Martin s'est appuyé au mur, le visage dans ses bras repliés. Mais sa femme regardait fixement le commissaire, comme si elle n'attendait que le moment d'intervenir dans son récit, d'attaquer à son tour.

Alors Maigret montra la consultation écrite des deux avocats.

« Lors de ma dernière visite, Martin est tellement effrayé qu'il va avouer son vol... Mais vous êtes là... Il vous voit par l'entrebâillement de la porte... Vous lui adressez des signes énergiques et il se tait...

« N'est-ce pas ce qui lui ouvre enfin les

yeux?... Il vous interroge... Oui, vous avez tué! Vous le lui criez à la face! Vous avez tué à cause de lui, pour réparer son oubli, pour ce gant resté sur le bureau!... Et, parce que vous avez tué, vous n'hériterez même pas, malgré le testament!... Ah! si seulement Martin était un homme!...

« Qu'il parte à l'étranger... On croira à sa culpabilité... La police se tiendra tranquille et vous irez le retrouver avec les millions...

« Mon pauvre Martin, va!... »

Et Maigret écrasa presque le bonhomme sous une tape formidable à l'épaule. Il parlait d'une voix sourde. Il laissait tomber les mots sans insister.

« Avoir tant fait pour cet argent!... La mort de Couchet... Roger qui se jette par la fenêtre... Et s'apercevoir à la dernière minute qu'on ne l'aura pas!... Vous préférez préparer vous-même les bagages de Martin... Des valises bien en ordre... Du linge pour des mois...

— Taisez-vous! » supplia Martin.

La folle cria. Maigret ouvrit brusquement la porte et la vieille Mathilde faillit tomber en avant!

Elle s'enfuit, effrayée par le ton du commissaire, et pour la première fois elle referma vraiment sa porte, tourna la clef dans la serrure.

Maigret lança un dernier regard dans la chambre. Martin n'osait pas bouger. Sa femme, assise sur le lit, maigre, les omoplates saillantes sous la chemise de nuit, suivait le policier des yeux.

Elle était si grave, si calme tout à coup, qu'on se demandait avec inquiétude ce qu'elle préparait.

Maigret se souvint de certains regards, au cours de la scène précédente, de certains mouvements des lèvres. Et il eut, juste en même temps que Martin, l'intuition de ce qui se passait.

Ils ne pouvaient pas intervenir. Cela se déroula en dehors d'eux, comme un mauvais rêve.

Mme Martin était maigre, maigre. Et ses traits devenaient encore plus douloureux. Qu'est-ce qu'elle regardait, à des endroits où il n'y avait rien que les objets banals de la chambre ?

Qu'est-ce qu'elle suivait avec attention à travers la pièce ?

Son front se plissait. Ses tempes battaient. Martin cria :

« J'ai peur ! »

Rien n'avait changé dans le logement. Un camion pénétrait dans la cour et on entendait la voix aiguë de la concierge.

On eût dit que Mme Martin faisait un grand effort, toute seule, pour franchir une montagne inaccessible. Deux fois sa main esquissa le geste de repousser quelque chose de son visage. Enfin elle avala sa salive, sourit comme quelqu'un qui arrive au but :

« Vous viendrez quand même tous me demander un peu d'argent... Je dirai à mon notaire de ne pas vous en donner... »

Martin pantela des pieds à la tête. Il comprit que ce n'était pas un délire passager, provoqué par la fièvre.

Elle avait perdu la raison, définitivement !

« On ne peut pas lui en vouloir. Elle n'a jamais été tout à fait comme une autre, n'est-ce pas?... » se lamenta-t-il.

Il attendait la confirmation du commissaire.

« Mon pauvre Martin... »

Martin pleurait ! Il saisissait la main de sa femme et il y frottait son visage. Elle le repoussait. Elle avait un sourire supérieur, méprisant.

« Pas plus de cinq francs à la fois... J'ai assez souffert, moi, de...

— Je vais téléphoner à Sainte-Anne... dit Maigret.

— Vous croyez?... C'est... c'est nécessaire de l'enfermer?... »

La force de l'habitude? Martin s'affolait à l'idée de quitter son logement, cette atmosphère de reproches et de disputes quotidiennes, cette vie sordide, cette femme qui, une dernière fois, essayait de penser mais qui, découragée, vaincue se couchait avec un grand espoir et balbutiait :

« Qu'on m'apporte la clef... »

Quelques minutes plus tard, Maigret traversait comme un étranger le grouillement de la rue. Chose qui lui arrivait rarement, il avait un affreux mal de tête et il entra dans une pharmacie pour avaler un cachet.

Il ne voyait rien autour de lui. Les bruits de la ville se confondaient avec d'autres, avec des voix surtout, qui continuaient à résonner sous son crâne.

Une image le hantait plus que les autres; Mme Martin qui se levait, qui ramassait par terre les vêtements de son mari et qui cherchait l'argent! Et Martin la regardant de son lit!

Le regard interrogateur de la femme!

« *Je les ai jetés dans la Seine...* »

C'est depuis ce moment qu'il y avait quelque chose de fêlé. Ou plutôt il y avait toujours eu un décalage dans son cerveau! Déjà quand elle vivait dans la confiserie de Meaux!

Seulement cela ne se remarquait pas. C'était une jeune fille presque jolie! Nul ne s'inquiétait de ses lèvres trop minces...

Et Couchet l'épousait!

« Qu'est-ce que je deviendrais s'il t'arrivait quelque chose? »

Maigret dut attendre, pour trouver le boulevard Beaumarchais. Sans raison il pensa à Nine.

« Elle n'aura rien! Pas un sou... murmura-t-il à mi-voix. Le testament sera annulé. Et c'est Mme Couchet, née Dormoy... »

Le colonel avait dû commencer les démarches. C'était naturel. Mme Couchet aurait tout! Tous les millions...

C'était une femme distinguée, qui saurait tenir son rang...

Maigret montait lentement l'escalier, poussait la porte de l'appartement du boulevard Richard-Lenoir.

« Devine qui est arrivé? »

Mme Maigret mettait quatre couverts sur la nappe blanche. Maigret apercevait sur le buffet un cruchon de mirabelle.

« Ta sœur! »

Ce n'était pas difficile à deviner puisque, chaque fois qu'elle venait d'Alsace, elle apportait un cruchon d'alcool de fruits et un jambon fumé.

« Elle est allée faire quelques courses avec André... »

Le mari! Un brave garçon qui dirigeait une briqueterie.

« Tu as l'air fatigué... J'espère que tu ne sors plus aujourd'hui, au moins? »

Maigret ne sortit pas. A neuf heures du soir, il jouait au *Nain Jaune*, avec sa belle-sœur et son beau-frère. La mirabelle parfumait la salle à manger.

Et Mme Maigret riait à tout moment aux éclats parce qu'elle n'était jamais parvenue à connaître les cartes et qu'elle faisait toutes les bêtises imaginables.

« Tu es sûre que tu n'as pas de neuf?

— Oui, j'en ai...

— Alors, pourquoi ne joues-tu pas? »

A Maigret, tout cela faisait l'effet d'un bain chaud. Il n'avait plus mal à la tête.

Il ne pensait plus à Mme Martin, qu'une voiture d'ambulance conduisait à Sainte-Anne, tandis que son mari sanglotait tout seul dans l'escalier vide.

TABLE

OUVRAGES DE GEORGES SIMENON

AUX PRESSES DE LA CITÉ (suite)

« TRIO »

I. — La neige était sale — Le destin des Malou — Au bout du rouleau
II. — Trois chambres à Manhattan — Lettre à mon juge — Tante Jeanne
III. — Une vie comme neuve — Le temps d'Anaïs — La fuite de Monsieur Monde
IV. — Un nouveau dans la ville — Le passager clandestin — La fenêtre des Rouet
V. — Pedigree
VI. — Marie qui louche — Les fantômes du chapelier — Les quatre jours du pauvre homme
VII. — Les frères Rico — La jument perdue — Le fond de la bouteille
VIII. — L'enterrement de M. Bouvet — Le grand Bob — Antoine et Julie

★

PRESSES POCKET

Monsieur Gallet, décédé
Le pendu de Saint-Pholien
Le charretier de la Providence
Le chien jaune
Pietr-le-Letton
La nuit du carrefour
Un crime en Hollande
Au rendez-vous des Terre-Neuvas
La tête d'un homme
La danseuse du gai moulin
Le relais d'Alsace
La guinguette à deux sous
L'ombre chinoise
Chez les Flamands
L'affaire Saint-Fiacre
Maigret
Le fou de Bergerac
Le port des brumes
Le passager du « Polarlys »
Liberty Bar
Les 13 coupables
Les 13 énigmes
Les 13 mystères
Les fiançailles de M. Hire
Le coup de lune
La maison du canal
L'écluse n° 1
Les gens d'en face
L'âne rouge
Le haut mal
L'homme de Londres

★

A LA N.R.F.

Les Pitard
L'homme qui regardait passer les trains
Le bourgmestre de Furnes
Le petit docteur
Maigret revient
La vérité sur Bébé Donge
Les dossiers de l'Agence O
Le bateau d'Émile
Signé Picpus
Les nouvelles enquêtes de Maigret
Les sept minutes
Le cercle des Mahé
Le bilan Malétras

ÉDITION COLLECTIVE SOUS COUVERTURE VERTE

I. — La veuve Couderc — Les demoiselles de Concarneau — Le coup de vague — Le fils Cardinaud
II. — L'Outlaw — Cour d'assises — Il pleut, bergère... — Bergelon
III. — Les clients d'Avrenos — Quartier nègre — 45° à l'ombre
IV. — Le voyageur de la Toussaint — L'assassin — Malempin
V. — Long cours — L'évadé
VI. — Chez Krull — Le suspect — Faubourg
VII. — L'aîné des Ferchaux — Les trois crimes de mes amis
VIII. — Le blanc à lunettes — La maison des sept jeunes filles — Oncle Charles s'est enfermé
IX. — Ceux de la soif — Le cheval blanc — Les inconnus dans la maison
X. — Les noces de Poitiers — Le rapport du gendarme G. 7
XI. — Chemin sans issue — Les rescapés du « Télémaque » — Touristes de bananes
XII. — Les sœurs Lacroix — La mauvaise étoile — Les suicidés
XIII. — Le locataire — Monsieur La Souris — La Marie du Port
XIV. — Le testament Donadieu — Le châle de Marie Dudon — Le clan des Ostendais

SÉRIE POURPRE

Le voyageur de la Toussaint
La maison du canal
La Marie du port

Achevé d'imprimer en mars 1982
sur les presses de l'Imprimerie Bussière
à Saint-Amand (Cher)

Presses Pocket
8 rue Garancière
75006 Paris
tél. 329 12 80

— N° d'édit. 1068. — N° d'imp. 790. —
Dépôt légal : 2e trimestre 1976.
Imprimé en France